W0277964

DEMAIN SERA BEAU

Demain sera beau

NOUVELLES

Préface d'Aurélie Valognes

LE LIVRE DE POCHE

Les autrices et auteurs de ce recueil ont offert ces textes pour soutenir l'action d'ATD Quart Monde. ATD Quart Monde et Le Livre de Poche tiennent à leur exprimer toute leur gratitude pour cette initiative.

Couverture : © Gwen de Bonneval.

© Librairie Générale Française, 2025.
ISBN : 978-2-253-90995-8 – 1re publication LGF

« Écrire l'histoire qui va venir parce que c'est d'abord écrire l'histoire des espoirs exprimés ou latents... Quelle voix faire émerger ? Quelles minorités muettes ? Toutes. Mais il y a des messages plus radicaux, plus globaux, parce que plus irrationnels, plus insensés, plus incompréhensibles, qui témoignent que les hommes sont intégrés, que rien ne détruit leur essentiel.

Non, les pauvres n'ont pas toujours raison ; mais ils sont les inspirations les plus folles, les plus absolues. »

Joseph WRESINSKI

Préface

PAR AURÉLIE VALOGNES

> « L'espérance, c'est de croire que ce que nous faisons peut avoir de l'importance. »
>
> Rebecca SOLNIT

Plus de trois milliards de personnes dans le monde se trouvent actuellement dans une situation d'extrême vulnérabilité quant aux changements climatiques. Nous ne voyons pas comment agir concrètement dans notre quotidien pour changer cet état de fait, pour modifier positivement l'ordre des choses. Il est difficile de se projeter dans un monde nouveau et désirable… La télévision, la radio, les réseaux sociaux nous abreuvent de récits anxiogènes pour nous faire croire que nous sommes impuissants, que nous ne pouvons pas intervenir, que cela se joue à d'autres échelles que la nôtre.

Or, ce n'est pas vrai.

Nous aussi, nous avons des armes.

Ce n'est pas parce que nous ne pouvons pas tout sauver maintenant que nous ne pouvons rien faire ! Cependant, pas question d'agir à l'aveugle. Il faut être lucide. Accepter de se confronter à la réalité du monde pour voir les véritables options qui s'offrent à nous. Celles qu'il faut prendre dès aujourd'hui, et non demain.

Le monde que nous appelons de nos vœux est à portée de main. À portée d'imagination. Il y a ceux qui en rêvent et ceux qui font tout pour vivre dans le monde dont ils rêvent. Un monde de solidarité, de générosité, de bienveillance et d'espoir, où le racisme, le fascisme et la pauvreté n'auront plus droit de cité. Où le vivant gagnerait. Cela semble impossible, naïf, utopiste ? Une utopie n'est rien d'autre qu'un monde qui n'existe pas encore. Un monde que l'on peut imaginer, que l'on peut créer.

Non, le monde n'est pas fichu, c'est la pensée sclérosée qui est fichue. Une pensée à l'arrêt, c'est une pensée qui peut être dangereuse et violente. Elle doit être sans cesse en mouvement, en crise, penser contre elle-même, se remettre en cause et sans cesse inclure l'ensemble des singularités qui font ce monde. Elle doit devenir une pensée qui avance et qui nous fait avancer.

Si nous manquons d'espoir, c'est que nous manquons de récits d'avenir désirable, de visions positives. Ce sont des récits manquants. Or, nous avons besoin de ces nouveaux imaginaires collectifs. Très souvent, ils existent déjà. Il suffit de les montrer, de les raconter, de les réinventer. Nancy Huston le disait en 2008 dans *L'Espèce fabulatrice*[1] ; Cyril Dion le répétait dix ans plus tard dans son *Petit manuel de résistance contemporaine*[2]. De nombreux artistes se sont déjà penchés sur ces récits à inventer, et en imaginent chaque jour. D'autres autrices et auteurs, avec le concours de la Maison des écrivains et de la littérature, travaillent en étroite collaboration avec le Muséum d'histoire naturelle pour se former et intégrer au mieux le vivant dans leurs œuvres. Parce qu'on ne protège bien que ce que l'on aime, et qu'on n'aime que ce que l'on connaît – ce qui nous est familier, ce qui nous ressemble, ce autour de quoi nous nous rassemblons.

Alors, oui, la solution est là. Pas loin. À portée de main. D'ailleurs, dans ce recueil, chacun s'est mis au travail.

Ce ne sont pas des écrivains ou des écrivaines professionnel(le)s qui ont rédigé ces nouvelles, mais des bénévoles, des enseignants, des retraités… Certains sont engagés au sein d'ATD (Agir tous pour la dignité) Quart Monde, et sont déjà solidaires. Déjà

1. Nancy Huston, *L'Espèce fabulatrice*, Actes Sud, Arles, 2008.

2. Cyril Dion, *Petit manuel de résistance contemporaine : récits et stratégies pour transformer le monde alerte*, Actes Sud, Arles, 2018.

actifs. Ils n'ont pas de baguette magique, mais ils ont un crayon : ils ont la force de leur imagination et la liberté de leurs pensées. Et proposent des façons renouvelées de vivre ensemble.

En agissant les uns avec les autres, geste après geste, action après action, dépense après dépense, pour encourager un monde que l'on choisit et non un monde que l'on subit. Parce que nous ne sommes pas impuissants.

Redonnons des outils pour faire circuler la pensée, faire émerger ces nouvelles façons d'habiter le monde de demain. Parce que, si on est capables de l'inventer, de l'imaginer, de l'écrire et de le lire, c'est qu'il existe déjà. Que c'est possible.

Quand on lit ces récits de mondes alternatifs, on y souscrit totalement. Nos neurones miroirs y croient. « Si je l'ai lu, c'est possible, c'est réalisable. Pourquoi ne le faisons-nous pas ? » s'interrogent-ils. Ce n'est plus juste de la fiction, ça ne relève plus de l'impossible ni de l'irréalisable, mais ça devient envisageable. Il nous appartient d'imaginer le monde de demain, de donner à voir des avenirs possibles et désirables. Pour faire renaître l'espoir.

La machine est en marche. Saviez-vous que les révolutions se déclenchent à partir du moment où 3 % de la population adhère au projet et œuvre dans le même sens ?

Individuellement, nous ne pouvons rien, car nous nous croyons seuls, nous pensons être une goutte d'eau dans l'océan. Mais nous ne sommes pas seuls. Nous sommes des milliards. Et ensemble, nous sommes puissants !

N'abandonnons pas le combat.

Ensemble, il nous faut incarner cet avenir désirable. Dès aujourd'hui, et dans toutes nos actions, dans toutes nos décisions. Dans nos vies, concrètement. Repensons nos habitudes et notre confort à la lumière de nos réels besoins. C'est possible. Nous pouvons et devons le faire. Nous sommes eux. Nous sommes les rêveurs, les sensibles, les introvertis, les discrets, les hommes et femmes de l'ombre, ceux qu'on n'entend pas, ceux qui donnent avant de recevoir, ceux qui écoutent avant de parler, ceux qui écoutent pour comprendre et non pour répondre, ceux qui ne se plaignent pas, ceux qui font au lieu de critiquer, ceux qui agissent et qui font agir les autres, nous mettent en mouvement, nous donnent envie de nous engager, à notre échelle, avec nos moyens, à leurs côtés.

Il y a tant de façons de s'engager : donner du temps, de l'argent, des idées, de l'énergie, prêter une oreille ou prêter… main-forte. Écrire une histoire, et la mettre en pratique ensuite au quotidien.

Comment serait 2057 si on se mettait à bâtir le monde dans lequel nous rêvons de vivre dès maintenant ? Pour crier notre amour du vivant, notre besoin de liberté. Pour se donner du courage, pour ne pas baisser les bras et ne jamais perdre espoir.

Nous sommes au bon endroit pour révolutionner le monde. Pour changer l'histoire. La réécrire. Pour lui donner une autre fin.

Et vous, qu'inventeriez-vous ? « J'habite le Possible[1] », écrivait Emily Dickinson. Et vous ? Comment imagineriez-vous 2057 ?

1. Emily Dickinson, *Poésies complètes*, traduction de Françoise Delphy, Flammarion, Paris, 2009.

Nous sommes en 2057, le centenaire de la création d'ATD Quart Monde. Après une période de remise en cause et de bouleversements, notre rapport au monde et à la nature s'est modifié.

Ces nouvelles sont le fruit d'un appel à textes qui proposent d'imaginer, par la fiction, des façons nouvelles de vivre ensemble, où les expériences et les savoirs des personnes les plus pauvres ont une place centrale.

Chacune d'entre elles intègre les mots suivants : dignité, ensemble, lentille, danser, pluie ainsi que le prénom Geneviève, en référence à Geneviève de Gaulle-Anthonioz, première présidente d'ATD Quart Monde.

Fragments

PAR EMMANUEL MARTROU

Les extraits suivants sont issus des carnets de Soan Pierron. Ce sont plus précisément des morceaux choisis de l'année 2057. La première année de ses écrits. L'année de ma naissance. Soan Pierron était mon père, il est mort hier à l'âge de soixante-dix-neuf ans.

Ce soir, 2 mars 2107, dans la ferme familiale, je range ses affaires. Mon premier réflexe a été de me rendre dans son bureau, à la recherche des carnets qu'il tenait. Personne n'avait jamais osé lui demander de les lire. Ça n'appartenait qu'à lui. Pourtant, il les a laissés en vue : un accord tacite.

À leur lecture, je revois une partie de mon enfance, j'apprends qui il était peu avant de devenir mon père, et comment, à sa manière, il a changé le monde. Voici des fragments de cette année incroyable.

*

20 janvier 2057 :

Lia est enceinte, elle en est presque sûre. Elle me l'a dit tandis que je revenais de ma journée de trace. Je me sens bizarre, heureux. Comme après une longue course à pied dans les montagnes. C'est agréable de l'écrire, j'ai l'impression de le vivre deux fois.

21 janvier 2057 :

Je relis mes courtes notes d'hier et je me demande pourquoi courir me rend si heureux. J'ai toujours couru. C'est le plus simple. Et – pour le dire clairement – le moins cher.

Enfant, je courais tout le temps : pour venir à table, pour rejoindre mes copains, pour aller à l'école. Les nuits d'été, à une époque où des lampadaires éclairaient des routes sur lesquelles des voitures roulaient encore, je courais à toute vitesse sous leurs lumières. Je ne sais pas exactement par quel phénomène optique mais lorsque je courais, j'avais l'impression d'aller si vite que j'aurais pu faire le tour du monde en un claquement de doigts. Tout mon corps vibrait à une vitesse folle. J'étais électrique. Je crois que c'est cette sensation-souvenir que je poursuis toujours.

Aujourd'hui, ni lampadaires, ni routes, et encore moins de voitures. Mais je cours. C'est même mon activité principale : je suis traceur.

2 février 2057 :

Je reviens du Conseil Mensuel des Traceurs. Nous sommes une vingtaine de coureuses et coureurs répartis dans ce territoire escarpé, seulement cinq (dont moi) ont moins de trente ans et font donc partie de ceux qui n'ont que des images vagues d'avant les Événements. Les anciens – dans des proportions variables – me donnent parfois l'impression de s'accrocher à une réalité devenue anachronique malgré les changements qu'ils ont contribué à faire advenir. J'essaie de comprendre.

Tous les jours Je parcours presque tous les jours entre vingt et quarante kilomètres autour de mon lieu d'habitation. Parfois, je me demande ce que j'aurais fait de ma vie sans les Événements.

Tracer consiste à pallier l'arrêt des moyens de communication et de transport. Dans notre région, les reliefs importants, la détérioration rapide des routes secondaires et l'obsolescence des véhicules motorisés ainsi que des systèmes de télécommunication ont conduit à réorganiser le territoire selon un maillage de coureurs à pied (les traceurs) faisant le lien entre fermes et hameaux résiduels pour échanger informations et petits matériels. Nous sommes en quelque sorte un service de poste. Voilà, c'est ça : je suis facteur !

Dire que bientôt même les chaussures feront défaut.

17 février 2057 :

Cette nuit, j'ai rêvé de mon enfant. Ce n'était pas une vision très claire mais j'ai rêvé qu'il faisait ses premiers pas. Pieds nus. Ce détail m'a saisi. Je veux dire, physiquement. Comme le sol sous son pied, je me sentais si proche de lui. Un frisson m'a réveillé. Je suis allé remettre une bûche dans le poêle. Mon rêve m'habitait encore. Il faudra trouver le moyen de parler de cette intuition que j'ai eue au prochain Conseil.

3 mars 2057 :

Ils ont ri. Mon idée a été presque unanimement source de railleries. Ils se trompent, je le sais, j'en ai l'intime conviction. Ils croient encore à la possibilité de trouver des chaussures en bon état. Nous ne sommes que quatre sur vingt-deux à percevoir la nécessité de trouver de nouvelles solutions. Et encore, les trois autres pensent que mon idée est assez excentrique.

À quoi bon maintenir à tout prix nos usages d'avant les Événements ? Nous nous passons des avions, des voitures, des vélos... Pourquoi tenir autant à l'utilisation de déchets d'un monde révolu ?

Mes arguments ont fait rire. Je dois être trop radical.

14 mars 2057 :

Ce soir nous dansons à la Ferme du Jalinier. C'est à notre tour de recevoir. Tous les mois, une rencontre que nous appelons Danse-et-Chante a lieu dans un endroit différent. Des moments de partage.

Personne ne trouve bizarre d'être pieds nus pour danser. Pourquoi en irait-il différemment pour tracer ?

22 mars 2057 :

Une importante pluie s'est invitée pendant que je traçais aujourd'hui. Plutôt que de rester les pieds trempés et lourds, j'ai retiré mes chaussures pour mettre à l'épreuve mes intuitions (je ne digère pas les moqueries du Conseil).

Dans le sous-bois de Serre Long, sous mes pieds, j'ai senti la terre mouillée, sa texture souple, sa température : froide. L'hiver est toujours là.

2 avril 2057 :

Nous préparons le jardin d'été. Le travail que nous effectuons en ce moment conditionne près de 70 % de nos récoltes. Il faut bien réfléchir et notamment penser que d'ici avril 2058 une nouvelle bouche sera à compter parmi celles déjà présentes à la ferme (Lia, sa mère, mes deux parents et moi).

Une des bases importantes de nos réserves repose sur la production de lentilles, d'autant que mon activité de traceur implique des apports bien particuliers pour tenir le rythme.

Pour les journées les plus longues, j'emporte généralement un mélange de compote de pommes, ou de coings, et de lentilles. C'est une culture emblématique de la région. Elle a de multiples avantages, notamment de ne pas nécessiter une trop grande quantité d'eau pour sa production. Chaque famille ou groupe dédie une partie de son potager à cette culture. Un fonds commun est également constitué.

11 avril 2057 :

Je trouve Lia de plus en plus belle. Son sourire me donne confiance. Je n'ai pas peur pour la suite. Les divergences avec le Conseil des Traceurs ne sont, au fond, que des broutilles. Je peux décider seul de ce qui m'est juste.

Je fais presque toutes les nuits ce même rêve où mon enfant marche pieds nus vers sa mère. Si seulement les autres traceurs ressentaient ce que je ressens au contact du sol.

3 mai 2057 :

Le Conseil a choisi à la majorité la mise en commun des paires de chaussures restantes et de les confier ensuite au Conseil des Couturiers pour réfection.

« Majorité. » Je n'ai jamais aimé cette modalité de prise de décision. Nous ne devrions pas abandonner notre individualité au prétexte d'un collectif qui serait « majoritaire ». N'est-ce pas la preuve d'un manque de dignité ?

Lorsque je lui en ai parlé, Geneviève, la mère de Lia, m'a dit que je devrais bien m'entendre avec un certain Henry David Thoreau.

Après le repas du soir, et avant que chacun gagne sa chambre, elle est venue me tendre un bouquin : *La Désobéissance civile*. Voici ce que j'y ai lu : « Le citoyen doit-il jamais un instant abdiquer sa conscience au législateur ? À quoi bon la conscience individuelle alors ? »

10 juin 2057 :

Je cours de plus en plus souvent sans chaussures. Mes pieds sont devenus plus forts.

Les premières chaleurs s'installent, je pars de plus en plus tôt le matin. Les cigales se sont d'ailleurs mises à chanter. Lorsque je passe en courant près d'un arbre dans lequel elles se trouvent, elles s'arrêtent momentanément, et recommencent avant même que je ne sois à distance. Comme si la nature jouait avec moi.

Au dernier Conseil, et malgré la décision du mois précédent, quelques curieux m'ont confié avoir essayé de courir pieds nus.

2 juillet 2057 :

Premières récoltes. J'essaie d'estimer ce que nous avons et si la quantité sera suffisante. J'ai demandé à Geneviève si elle avait un autre livre de Thoreau. J'ai passé les deux derniers mois à lire et relire le petit livre précédent. J'en connais des passages par cœur. Elle m'a confié *Walden ou la Vie dans les bois*.

25 juillet 2057 :

Lia accuse le coup avec la chaleur mais les récoltes sont rassurantes. Nous ramasserons bientôt les lentilles, là aussi l'année semble assurée.

Dans à peine plus d'un mois, tu vas naître. Je te parle de plus en plus. Je te raconte comment tu changes déjà ma vie et ce que je ressens quand je cours pieds nus.

10 août 2057 :

Danse-et-Chante d'août est un moment particulier et se déroule sur plusieurs jours au cœur du principal village de la vallée. Il réunit une belle partie des habitants des environs. Nous fêtons la récolte des lentilles. 2057 est une bonne année.

1er septembre 2057 :

Tu es arrivé aujourd'hui. Nous t'avons accueilli tous ensemble à la ferme.

2 septembre 2057 :

Ma mère m'a dit qu'en 2028 (année de ma naissance), moins d'une dizaine d'années avant les Événements, il fallait « déclarer » les naissances et obtenir des « papiers » pour attester de l'existence d'un nouveau-né. Drôle d'idée.

*

Je m'arrête là pour ces fragments du carnet de Soan Pierron de l'année 2057.

Je m'appelle Elouan Pierron, je suis le fils de Soan et je sais maintenant pourquoi nous marchons tous pieds nus.

Par une douce nuit d'été

PAR THIBAULT DAUCHET

Elle se rappela que son pass-universel n'était plus à jour au moment d'accéder au quai du vélibus. Encore sous le choc de son licenciement de la veille, Wefa Keno avait oublié de se rendre au hub de quartier pour actualiser ce précieux sésame qui contenait toutes ses données biométriques et sociales.

Pas le temps de faire demi-tour et hors de question de rater le début de la cérémonie en prenant le vélibus suivant. La seule solution était de monter dans celui-ci et de s'en expliquer avec les facilitateurs de communauté qui seraient à bord. Elle choisit un siège près d'un hublot et s'y laissa tomber. La nuit avait été courte. Alors que le vélibus quittait la plateforme, elle repensait à comment, à vingt-six ans, elle avait bien pu en arriver là.

*

Comme beaucoup d'enfants nés durant la décennie des « Trente Extrêmes », Wefa Keno avait grandi dans un internat. Son nom était la seule trace de ses origines. Un éducateur lui avait appris que son patronyme avait la même racine que le prénom Geneviève, peut-être que sa mère, ou l'une de ses grands-mères, portait ce prénom.

Elle avait onze ans lorsque l'entreprise IA Corp annonça la création d'e-Polis, la première intelligence artificielle capable de gérer de manière autonome une cité tout entière. Les réticences avaient été nombreuses à l'annonce du projet, mais les dégâts politiques des dernières années étaient tels que même les plus sceptiques avaient fini par se laisser convaincre. Le cœur d'e-Polis fut installé à proximité de la Grand-Place dans l'édifice qu'on appelait le Noyau.

C'était là où Wefa Keno se rendait aujourd'hui, comme tous les passagers installés à ses côtés. Le vélibus traversait une des nombreuses éco-fermes de la cité. Des nuages de chaleur s'étaient formés et de petites gouttes zébraient le hublot.

Projet phare d'e-Polis, ces fermes avaient permis de renouer avec des manières de cultiver éco-responsables, tout en diminuant le taux d'inactivité au sein de la population. Un grand nombre de femmes et d'hommes marginalisés avaient été affectés dans ces lieux qui nécessitaient une main-d'œuvre importante.

À vingt et un ans, Wefa Keno y avait fait ses débuts professionnels. Fraîchement diplômée en science du management sociétal, elle avait été nommée par e-Polis responsable d'une exploitation spécialisée dans la culture de lentilles. Elle ne connaissait rien à ces légumineuses ni à l'éco-agriculture mais cela n'était pas très important. L'essentiel de sa mission consistait à rédiger des rapports et à les implémenter dans un terminal de gestion directement relié à e-Polis qui se chargeait du reste. La jeune femme était fière d'appliquer scrupuleusement les instructions qu'elle recevait en retour. C'était sa manière de contribuer à la reconstruction de la cité. Wefa Keno ne s'imaginait pas à quel point cette première expérience serait décisive.

Quelques mois après ses débuts à l'éco-ferme, une panne la priva de consignes. Jetant sur son bureau le manuel qui ne lui était d'aucun secours, elle se rendit d'un pas décidé vers la zone de culture.

Il était rare qu'elle croise les éco-ouvrières et plus rare encore qu'elle leur adresse la parole.

Wefa Keno fut surprise de constater qu'elles étaient stressées à l'idée de ne pas atteindre leur objectif quotidien et par les sanctions que cela pouvait entraîner. Elle respira un grand coup. « Vous êtes dans ces champs tous les jours. Vous savez bien mieux que moi ou qu'e-Polis ce qu'il faut y faire. » Les éco-ouvrières se répartirent les tâches. Wefa Keno se retroussa aussi les manches et rejoignit une des équipes. La journée passa à toute vitesse. Lorsque les connexions furent rétablies, Wefa Keno retourna dans son bureau pour dresser le bilan. Les quotas avaient été largement atteints.

Elle essaya d'en tirer des leçons et la conclusion à laquelle elle parvint la perturba beaucoup. Elle ne s'expliquait pas le gâchis humain d'un tel système. Elle avait vu les éco-ouvrières à l'œuvre et leur savoir-faire. N'y avait-il pas d'autres manières de s'organiser ? Tant de mains et d'intelligences réduites à des tâches uniquement exécutives en échange du gîte et du couvert, était-ce ça l'ambition ? « Un toit et à manger, c'est ce qu'on donne à un chien », pensa-t-elle. Et toutes valaient mieux que cela.

Le lendemain Wefa Keno réunit de nouveau les éco-ouvrières. Si elles continueraient à recevoir les instructions d'e-Polis, et d'en tenir compte, elles s'autoriseraient dorénavant plus de liberté quant à la manière de les appliquer.

De telles réunions se multiplièrent. Au début, il était uniquement question de production de lentilles, mais elles abordèrent peu à peu d'autres sujets qui leur tenaient à cœur concernant la vie au sein de la communauté. Wefa Keno notait tout consciencieusement. Après bien des hésitations, elle avait osé joindre ces comptes-rendus d'un genre nouveau aux téléversements obligatoires qu'elle effectuait chaque mois via le terminal de gestion.

*

Le vélibus poursuivait lentement son itinéraire et longeait à présent le quai d'Abondance. La courte pluie avait cessé laissant place à un franc soleil. D'autres souvenirs remontaient à la surface.

Après trois années de bons résultats dans son éco-ferme, Wefa Keno fut nommée par e-Polis superviseuse de l'ensemble des sites agricoles de la cité. Le jour de son départ, celles qui étaient devenues ses amies ne lui demandèrent qu'une seule chose : « Fais en sorte que ce qui passe ici se répande. »

Wefa Keno profita donc de sa nouvelle mission pour mener des consultations à plus grande échelle avec toutes les éco-ouvrières qu'elle rencontrait. Les débuts n'avaient pas été simples. Convaincre certaines d'entre elles que leur avis était non seulement intéressant mais important avait pris du temps. Plus elle animait ces réunions, plus ces visages qu'elle côtoyait lui rappelaient ceux de son enfance. Cette partie de sa vie à l'internat qu'elle pensait avoir oubliée la rattrapait. Les dortoirs sans intimité aux odeurs emmêlées avaient aussi fait partie de son histoire, qu'elle le veuille ou non. Les souffrances et les humiliations évoquées par les éco-ouvrières résonnaient en elle. Wefa Keno découvrait aussi leur créativité et leur force, ce versant caché de leurs vies que le monde avait toujours été incapable de voir.

Tant que Wefa Keno téléversait les dossiers demandés, ses supérieurs ne se souciaient pas vraiment d'elle. Son sérieux jouait en sa faveur et lui avait permis de gagner rapidement la confiance de sa hiérarchie. Cette capacité de dissimulation avait toujours fait partie d'elle. Savoir quoi dire, à qui et à quel moment. Cette duplicité n'était pas un vice, mais sa protection. Elle avait vu tant de filles à l'internat se faire corriger à cause d'un cri ou d'une révolte exprimée de manière trop sincère. Cet art de la survie, ses éducateurs l'avaient confondu avec de la docilité. Certaines de ses amies l'avaient parfois pris pour de la lâcheté ou de la trahison. Alors qu'il s'agissait de résistance. L'univers du pensionnat ne pardonnait rien. Elle avait vite appris qu'il en allait de même ailleurs.

Heureusement tout était bien différent aujourd'hui. Deux ans auparavant, Wefa Keno avait remarqué les premières traces de changements dans les annonces d'e-Polis. Une humanité et une dignité retrouvée semblaient infuser dans la cité. Les techniciens du Haut-Comité chargés de la maintenance d'e-Polis s'étaient interrogés. Mais faute d'éléments probants, leur enquête avait à l'époque conclu qu'il s'agissait là d'une évolution spontanée de l'IA. On s'était tapé sur les épaules pour se féliciter de ce nouveau succès imprévu mais bienvenu.

Dès lors les bonnes nouvelles avaient défilé quotidiennement dans les hubs de quartiers. Un jour on apprenait que tous les élèves d'une e-école avaient réussi leur année. Un autre on découvrait qu'une communauté affichait un bilan carbone neutralisé. On s'émerveillait face à ce véritable cercle vertueux qui spiralait, qui s'amplifiait et que rien ne semblait pouvoir arrêter.

*

Le vélibus approchait de la Grand-Place, son terminus. La veille Wefa Keno s'y était déjà rendue, convoquée au Noyau par le Haut-Comité pour un entretien. Elle, issue d'un internat, avait gravi pour la première fois les marches de ce lieu prestigieux. Dès qu'elle fut installée, on lui annonça qu'une analyse approfondie du système avait mis en lumière des anomalies dans ses versements des quatre dernières années. Les techniciens du Haut-Comité avaient partagé leur colère et leur déception. On l'accusait de sabotage. Wefa Keno ne comprenait pas ce qu'on lui reprochait. Elle n'avait pas injecté de virus dans e-Polis, ni agi de manière malveillante. Ces comptes-rendus, elle les voyait plutôt comme des remèdes. Les réflexions qu'ils contenaient ne lui appartenaient pas et au fond son avis importait peu. À quoi bon dire ce qu'on pense si tout le monde ne peut pas en faire autant ? À quoi bon faire la fête s'il n'y a personne d'autre pour danser à vos côtés ?

Les membres du Haut-Comité voulaient à tout prix éviter que l'affaire s'ébruite. Et pas question pour eux d'en faire une pseudo-martyre. Ils étaient conscients des progrès de ces dernières années mais qu'elle n'aille rien s'imaginer. On ne pouvait pas affirmer qu'il y avait un lien entre l'évolution de l'IA et ses actes de piratage. Ils ne voulaient pas supprimer des pans entiers de la mémoire d'e-Polis qui était en perpétuelle restructuration et ainsi risquer de corrompre certaines données essentielles à son bon fonctionnement. Wefa Keno comprit surtout qu'ils ne savaient pas quoi faire.

La voix d'e-Polis se fit alors entendre. « Les dernières mesures ont permis à la cité d'être pleinement instituée. Les affaires qui la concernent pourront désormais être discernées par l'ensemble de ses membres. »

Un long silence s'installa dans la pièce. La personne assise à côté de Wefa Keno se leva fébrilement et la raccompagna jusqu'à la sortie du bâtiment. Ce fut à ce moment-là qu'on lui avait annoncé son licenciement : « Vous comprenez bien, la confiance est rompue. » Puis la porte s'était aussitôt refermée la laissant seule comme jamais. Une longue réunion de crise eut lieu au Noyau cette nuit-là. La première depuis quinze ans et la mise en service d'e-Polis.

*

À peine sortie du vélibus, Wefa Keno fut entraînée par la foule qui se dirigeait en direction de la Grand-Place.

Ce matin, sa voisine avait frappé tôt à sa porte. Tout le monde parlait de la nouvelle qui venait d'être annoncée dans tous les hubs de la ville : e-Polis convoquait l'ensemble de la population pour une cérémonie sur la Grand-Place le soir même.

Encore sonnée par les événements de la veille, Wefa Keno avait eu du mal à réaliser ce qui était en train de se passer. L'IA allait-elle vraiment démissionner et nous passer le relais ? Étions-nous prêts à vivre ensemble et à décider seuls de notre avenir ?

La jeune femme regarda tout autour d'elle. Des sourires habitaient les visages. Elle ne s'était jamais sentie aussi nombreuse. La mise à jour de son pass-universel lui paraissait tout à coup bien futile. La Grand-Place se remplissait peu à peu. La paix qui se dégageait de cette foule lui redonnait espoir. Elle avait confiance. E-Polis débuta sa prise de parole. La révolution était bel et bien en marche. En réalité, elle l'était déjà depuis longtemps. D'abord discrète, insoupçonnée. Née du silence et aujourd'hui proclamée via tous les haut-parleurs de la cité. Demain commencerait une ère nouvelle, une fête à laquelle tout le monde serait enfin convié. Contrairement à ce qu'avaient annoncé les prophéties des siècles passés, le Grand Soir serait non violent, doux comme ce soir d'été de 2057 où la voix d'e-Polis résonna pour la dernière fois.

La dernière danse d'un grain de poussière

PAR NICOLAS DE TORSIAC

Cabinet médical – zone sud de Néo-Massilia.

La douce torpeur dans laquelle le ronronnement de l'arbre-scanner m'a plongé est interrompue par le praticien automate.

« Vous pouvez vous rhabiller », murmure-t-il à mon attention.

Je m'assieds sur la table d'auscultation. Au-dessus de ma tête, le bras autoporté de la machine végétale vient regagner son compartiment. C'est un modèle récent, sorti des chaînes de montage de chez Symbiotic. L'entreprise dont je suis le P-DG et pour laquelle je me démène corps et âme depuis vingt ans. J'ai beau savoir que cet appareil diffuse des essences apaisantes, je suis trop stressé pour en éprouver les bienfaits. Fébrile, j'adresse au médecin un seul et unique mot qui vaut pour question.

« Alors ? »

Mon interlocuteur m'oppose un silence ennuyé. J'essaie de déchiffrer l'expression de son regard à travers les carreaux de ses lunettes augmentées. Peine perdue. En contrechamp, les stores filtrent avec peine l'éclat des néons qui sourdent de la ville. À chaque speeder qui passe, un rai de lumière vient mettre à jour la danse désordonnée des grains de poussière qui volettent dans la pièce.

Derrière son bureau, l'androïde détaille avec attention l'image représentant mon profil en 3D. Elle vient d'apparaître sur sa console médicale. Un frisson me parcourt. Je m'empresse de me rhabiller. Nerveux, j'échoue à clipser l'ajustement automatique de ma tenue hors de prix. Dans des froissements de tissu indigné, mon pantalon s'enfile de travers.

En vain, je tente d'aplanir les plis du vêtement. Un raclement de gorge met fin à ma bataille contre le textile. Je lève la tête et considère mon vis-à-vis. Sûr d'avoir mon attention, le généraliste s'adresse à moi d'un ton grave :

« Monsieur Bardon. Si je lis bien votre dossier, vous étiez danseur émérite. »

Une chape de plomb s'abat sur mes épaules. Déstabilisé, je bégaie :

« Je… c'était il y a trente ans, docteur, en 2027, peut-être même avant. J'étais jeune. J'ai lâché l'affaire lorsque j'ai pris la tête de l'entreprise. C'est si grave que ça ?

— Je le crains, oui, me répond-il avec un sourire contrit, avant de poursuivre. Vous êtes en phase terminale. Il va vous falloir choisir un passeur. »

Un mur de personnalités holographiques apparaît devant moi. Mes yeux s'attachent à la représentation d'une femme souriante. La voix étranglée par l'émotion, je désigne le portrait du doigt.

« Elle, là. Geneviève. »

Le médecin hoche la tête en signe d'assentiment.

« C'est un excellent choix, monsieur Bardon. Puisse le passeur de Geneviève vous aider dans la préparation de votre dernier voyage en ce monde. »

Il rentre des coordonnées dans l'ordonnance holographique. Une fois complétée, il la fait glisser d'une pichenette dans ma direction. Elle se fixe immédiatement autour de mon poignet en émettant une lueur pâle. Je jette un œil sur le compteur qui s'y affiche : il me reste moins de douze heures à vivre.

**Limousine à hydrogène –
voie tubulaire aérienne –
secteur D de Néo-Massilia.**

« Moins d'une journée à vivre… je ne sais pas quoi vous dire. »

Mon chauffeur a la voix enrouée par l'émotion.

« Où dois-je vous déposer ? »

Je lui transfère les données de géolocalisation. Le véhicule émet un léger bip, puis s'engage dans le couloir aérien en direction de l'Estaque. Je m'abîme dans la contemplation de la skyline. Au loin, nimbée par les rayons du soleil levant, Notre-Dame-de-la-Garde semble me donner son ultime bénédiction. Quelques secondes plus tard, la berline décélère et pique du nez. Nous atterrissons sur un terrain vague.

« Je vous accompagne ? » me demande mon chauffeur.

La gorge nouée, je décline.

« Vous pouvez me laisser, merci. Je ferai le reste du chemin seul. »

Terrain vague de l'Abri Fraternel – secteur nord de Néo-Massilia.

Je regarde le véhicule s'éloigner, jusqu'à ce qu'il ne soit plus dans le ciel qu'un point perdu dans le trafic. Accablé, je considère l'étendue désolée devant moi, sans trop savoir quelle est la marche à suivre.

Un homme sort d'un buisson, contourne un monticule de boîtes de conserve vides, et se porte à ma rencontre. Il est vêtu d'un imperméable aux couleurs chatoyantes. Les contours de son visage sont rongés par une barbe drue et son front disparaît sous une forêt de dreadlocks. Émergeant de cette broussaille capillaire ensauvagée, ses yeux brillent d'un éclat gourmand. Plusieurs rats trottinent à sa suite. Sa voix éraillée me surprend.

« Vous êtes en retard. On vous avait annoncé pour soleil un peu moins haut dans le ciel. »

Niveau techno zéro. L'individu n'est pas équipé de montre interne.

« Moi c'est Vicky. »

Données biométriques illisibles. L'individu ne porte pas d'implant d'identification olfactif.

Le nom du contact correspond à celui inscrit sur l'ordonnance.

Il me tend une main boursouflée qui raconte à elle seule les mille épreuves d'une vie.

L'individu ne bénéficie pas d'un programme cutané régénérateur.

Je saisis sa main.

« Bonjour, je m'appelle Armand Bardon. J'occupe le poste de P-DG chez Symbiotic dont vous pouvez voir la tour là-bas. Si je viens à vous aujourd'hui, c'est parce que… »

Ma gorge se noue. Je ravale un sanglot avant de poursuivre.

« … je viens d'apprendre que je vis ma dernière journée.

— Symbiotic… Ce serait pas la boîte qui fait de l'imagerie curative à base de végétaux ? »

Je suis désarçonné. J'annonce à ce type qu'il est devant un mort en sursis et c'est tout ce qu'il trouve à me dire ?

« Je sais pourquoi vous êtes là. Ne vous inquiétez pas. J'ai l'habitude. »

Comment peut-il traiter mon cas avec autant de désinvolture ? Submergé par des émotions contraires, je me mets à pleurer. Vicky me saisit le bras avec douceur.

« Asseyons-nous. »

Je me laisse guider à même le sol. Je renifle par intermittence.

« Tenez. »

Vicky m'offre une conserve. J'aurais préféré un Kleenex.

Article périmé. Risque d'intoxication alimentaire.

Les données de mon organiseur environnemental parasitent mes interactions sociales. Je le désactive et m'empare à contrecœur de la boîte de lentilles.

« Je n'ai pas faim. »

On a l'air de quoi, là, tous les deux, dans ce terrain vague ? Moi, sapé comme un prince empêtré dans ma colère enfantine, et lui vêtu de loques de récupérations avec sa bonhomie irritante. Il me sermonne gentiment :

« Faites un effort ! Je vous rappelle que c'est ensemble que l'on doit passer cette étape. »

De mauvaise grâce, je porte une première cuillerée à ma bouche, que je recrache aussi sec.

« Il y a de la terre. C'est immangeable ! »

Vicky semble me reconsidérer, un brin irrité.

« Et que croyez-vous que je mange tous les jours ?

— Excusez-moi. Je ne voulais pas vous blesser. »

Son ton se fait conciliant.

« Allez ! Je vous pardonne, c'est une journée difficile pour vous… Réessayez ! Ne trichez pas. Profitez de ce moment pour partir à la rencontre des petits bonheurs cachés que ce bout de vie vous apporte. »

Érodé par mon cynisme, je réplique avec amertume :

« Mais il est trop tard.

— Il n'est jamais trop tard. »

Le ton est catégorique. J'ai face à moi un sage, dont la somme des savoirs inaltérables s'est forgée à l'école de la rue. Je me sens misérable. Je m'exécute. Vicky m'observe avec attention. Je grimace. La terre crisse sous mes dents.

« Perdu ! »

Et Vicky rit. D'un rire si pur qu'il touche les tonalités de l'universalité. Ce type personnifie le bonheur, et c'est irrésistiblement communicatif. Surpris, j'entends mon propre rire ricocher en écho du sien.

Le visage de Vicky se fait plus grave.

« Avez-vous une idée de comment vous allez vous reconnecter à vous-même avant de faire le grand voyage ? »

Encore sous l'effet des endorphines, je lui réponds goguenard.

« En mangeant des lentilles toutes pourries ?

— En mangeant des lentilles toutes pourries… mais pas seulement. Ces lentilles vont faire germer en vous ce qui manquait à votre esprit pour s'élever », me confie-t-il en se rapprochant de moi jusqu'à me toucher.

Cette proximité soudaine me rassure, et c'est l'esprit léger que je lui confesse mon ignorance.

« Je ne vois pas.

— Essayez ! »

J'avise ma boîte vide et la lui tends en désignant le monticule qui scintille devant le buisson. Il reflète les rayons du soleil au zénith et brille de mille feux, donnant au terrain vague l'air d'un champ de lumières.

« Tenez, vous allez en avoir besoin pour… votre œuvre. »

Son visage s'éclaire et il bondit, empreint d'une joie démentielle.

« Eurêka ! Tu vois ! Ce n'était pas si difficile. »

La soudaineté du tutoiement me surprend.

« Comment ? »

Il me serre dans ses bras, ému.

« Je ne suis qu'un de tes frères de la rue, un anonyme. Et pourtant ! Tu viens de me qualifier d'artiste. »

Je m'essaie au tutoiement.

« C'est ce que tu es. Ça a de la valeur à tes yeux ?

— Oui, parce que c'était sincère. On humanise les gens en leur rendant leur dignité. Et c'est ce que tu viens de faire. »

Je mets quelques minutes à digérer l'information.

« Et toi, comment comptes-tu me rendre ma dignité ? »

Il me sourit.

« Qu'est-ce qui faisait ta singularité avant ?

— Je… je dansais. »

Il hume l'air. Un grondement sourd remplit le ciel. Il m'aide à me relever. Le clapotis des premières gouttes martèle la terre. Vicky mime un entrechat grotesque et me fait un clin d'œil.

« Montre-moi. »

C'est une révélation. Je ferme les yeux et esquisse quelques pas. Il ne me faut qu'une poignée de secondes pour retrouver les automatismes d'antan. La pluie tombe à verse maintenant. Mais je n'en ai cure. Je virevolte, saute et danse comme jamais auparavant. L'impérieuse nécessité de vivre l'instant présent m'emplit d'un bonheur incommensurable. Je danse en hommage à ma vie passée, je danse pour célébrer les quelques secondes qu'il en reste, et je danse pour le plaisir de partager cette ultime représentation avec mon unique spectateur.

Une douleur fulgurante me foudroie. Je tombe au sol et perds connaissance. Lorsque je rouvre les yeux, ma tête repose sur les genoux de Vicky. J'articule avec peine.

« J'ai froid. Je ne sens plus mes jambes.

— C'est la fin, mon ami. Tu es prêt pour ton dernier voyage. »

Avant que mes dernières forces ne m'abandonnent, j'ai le temps de remercier mon bienfaiteur.

« Merci, Vicky… de m'avoir redonné le goût de vivre. »

Le futé

PAR MARIE D'ANJOU

Idiot, euh, idiot du village, mais Gege elle me dit souvent que c'est une manière affectueuse de me parler, que les gens du quartier, ils disent ça parce qu'au fond, ils m'aiment bien. Je suis manœuvre pour eux et je le fais bien. J'ai pas toute ma caboche, depuis un accident bébé, mais je sais déplacer des meubles, livrer des aliments, transporter des outils, même les gros, pédaler fort sur mon vélo avec ma remorque comme si j'allais m'envoler. Pluie, neige, vent, je pédale et je les déplace les « biens communs », comme elle me dit Gege, même la vaisselle.

C'est qu'y faut y aller dou-ce-ment pour pas briser à cause d'une bosse sur le chemin. Et même une fois dans mes bras, je fais des pas de loup, chhh, chhh, dou-ce-ment, pour pas que ça cliquète quand j'avance avec une boîte pleine que je rends à une vieille mère, ou au jardinier et sa marmaille, ou à une école pleine de mioches qui pensent que j'arrive avec les dernières récoltes. Mais non, c'est que des

« biens communs » que je transporte tout le temps, que je ramène soit au comptoir vestimentaire, soit à la joujouthèque, soit à la mobilière, ou encore l'outilthèque. On me demande tout le temps : allez, Jos, va livrer un nouveau lit chez la Julie, y a un nouveau p'tit qui a besoin. Et sinon, c'est l'inverse. Allez, Jos, va chercher un vieux lit chez le Simon, y a un p'tit qu'est parti de la maison. Personne ils gardent tout quand ils ont pas besoin et c'est moi qui déplace les « biens communs » et les ramène aux centres d'entreposage qu'il faut.

Là-bas, y a tous ceux et celles qui les rebricolent pour une autre saison, sinon, on récupère et on fait d'autres choses avec. J'avais bien essayé de réparer, moi, mais ma caboche, elle comprenait pas à ce niveau-là, alors Gege m'avait fait faire un tour de vélo. J'ai pédalé fort, je rêvais de voler. Elle m'a demandé si je connaissais bien le quartier. Depuis, je transporte les « biens communs » partout et les rapporte. Y en a ça prend des années avant que je les revoie. En échange, on répare mon vélo au besoin. On me donne une partie de l'épicerie que je transporte, mais en vrai, j'amène ma part à la terrasse au centre du quartier sous des gros vieux arbres où y a toujours le Daniel ou la Mélianne qui cuisinent quelque chose d'odeur pas croyable tellement on salive tous. Vu comme je déplace des « biens communs » sur mon vélo et ma remorque, on me cuisine des petits plats tout bons et chauds. Et y en a assez pour d'autres.

Gege, elle dit : c'est comme ça vivre ensemble, Jos. Plus on connaît de gens, plus on connaît quelqu'un qui sait faire quelque chose en retour, pas besoin de sous. Les sous, ils disent dans le quartier, ont fini par rester dans les mêmes mains. C'est encore pratique pour des fois avec les autres quartiers, mais d'autres fois, on échange juste des produits et ça fait du nouveau pour nous et pour eux. On est riches, dit Gege, parce qu'on a l'expertise de chacun qui peut aider chacun. Moi, je pédale et même si on me dit avec affection que je suis l'idiot du village, je fais ma part aussi. Je suis pas un sans-génie sur une bicyclette, ça non. Et même si je pouvais plus, comme la Sofia qu'a jamais pu faire quoi que ce soit avec son corps tout bizarre, on me laisserait pas de côté. On est riches, Jos, me dit Gege, quand tout un chacun peut être en sûreté, même sans pouvoir contribuer aux « biens communs ». Gege, elle dit beaucoup de choses pleines d'humanité comme ça.

Elle a connu une époque où les gens, ils se dénonçaient et s'entretuaient. Moi, je la crois pas. Gege, elle a vu pendant cette horreur des gens qui faisaient aussi tout le contraire et c'est à ça qu'elle s'est accrochée. Quand des furies se déchargeaient sur la ville, des gens ouvraient des portes pour en protéger d'autres. Quand ça gueulait famine, même avec un pain rance, on le brisait en plus petits morceaux. Ça, Gege dit, c'est ça notre vraie nature. On perd notre tête dans la violence. On la garde dans l'entraide. Y a le Michel, il dit que maintenant qu'on a vécu le pire en 2027, on le revivra jamais. Gege, elle est pleine d'humanité, mais elle est aussi un tantinet plus amère. C'est pas pour rien que ça s'est appelé la « Troisième », dit Gege dans ces moments-là.

La « Troisième » est venue avant moi, y a exactement trente ans. Ça reviendra, ces temps où les gens se comprendront plus et qu'ils vont encore se taper dessus en cherchant la faute, chez l'autre, le pourquoi y a pas à manger ici quand là-bas ça laisse pourrir des surplus. C'est pour ça que les gens se sont organisés autrement. On a pas besoin de se faire dire quoi faire par des autorités, Jos, quand on est responsable chacun de l'autre, on a pas besoin d'être encadré. Le Michel la traite d'anarchiste, mais moi, je connais pas ce mot et Gege, je l'aime parce qu'elle m'a dit qu'avec mon vélo, je pourrais aider aussi. Et je le fais.

Dans les poches trouées de mon manteau, des fois, on me met plein de semences qui coulent et on me dit de rouler partout dans le quartier ; et les rues, elles sont pleines de fleurs qui sentent bon, mais aussi de fougères, de foin, d'arbres qui grandissent en bordure des sentiers. Il fait frais l'été à cause de moi et ça chante l'oiseau dans les branches. Avec mon vélo et l'idée de Gege, je me suis trouvé une dignité bien à moi. Quand on est digne, dit-on, on est moins méchant envers les autres.

Puis un jour, à l'outilthèque, y avait plus de marteaux. C'était pas par faute d'en avoir fabriqué et réparé, mais c'est que ceux qui partaient revenaient plus. Parce que c'est mon travail de ramener, j'ai cogné à plein de portes, à ceux à qui je les avais amenés. Ils ont tous dit que l'Antoine le leur avait pris parce qu'il en avait besoin. Je suis pas fort de la caboche, mais je pense pas qu'on ait besoin d'autant de marteaux d'un coup. Sauf que l'Antoine, je l'aime pas. Il m'aime pas et j'ai peur près de lui. Il parle en miel, mais sous ma peau, ça me pique comme une abeille. Je suis pas allé le voir. On a commencé à manquer de farine, puis de clous et de lentilles, puis de couteaux et même de semences et là, ça devenait grave parce que les jardins communautaires du quartier allaient pas bien pouvoir nous nourrir l'année suivante.

Gege a demandé à tout le monde ce qu'ils savaient, mais les gens, ils voyaient pas ce que moi je voyais : la « convergence », c'est le mot, qui filait droit vers chez l'Antoine. Mais j'avais peur parce que lui, il donnait la farine à des amis, il rendait les clous et les outils juste à eux. Ceux-là, ils m'empêchaient de passer pour réclamer les « biens communs » en me disant de la fermer, hein, l'idiot pas futé. Je sentais pas de l'affection venant d'eux. Pour qu'on ait droit de prendre un marteau chez l'Antoine, il fallait offrir un service en retour, mais moi, j'avais rien à offrir parce qu'Antoine me disait que mon travail servait plus à rien, il s'occupait de tout, comme un bon papa de famille qui veille sur ses ouailles. Gege et le conseil du quartier ont jamais parlé comme ça. J'ignore c'est quoi des ouailles et c'est pas comme ça qu'on faisait avant et la piqûre d'abeille, je la sentais pas bien loin.

Ça ressemblait à la nourriture qu'on laisse pourrir en surplus au lieu de l'avoir distribuée pour que tout le monde mange au moins un peu. J'aime Gege, alors je lui en ai parlé. Avec elle, pas de représailles ni pour moi, mais ni pour l'Antoine non plus. Elle a d'abord été bien déçue, même en colère – les mots qu'elle a dits, je les ai jamais entendus dans sa bouche. Puis, elle a discuté avec les autres du quartier. On va aller s'amuser, Jos, tout le monde ensemble chez Antoine. Je voulais pas. Surtout qu'il allait déduire que ma caboche pas futée avait ouvert son clapet. Je me suis dit, ça y est, c'est la bagarre, la guerre. On va déclencher la « Quatrième » juste parce qu'y a un petit groupe dans notre quartier qui accumule sans redonner.

Je suis resté au milieu de la foule qui s'est déplacée chez l'Antoine. Tout le quartier. Chaque personne mobile. On est tous arrivés chez lui. Ses amis ont voulu nous barrer le chemin, mais comment tu arrêtes une foule avec un marteau ? Comment on ose frapper quand c'est des enfants qui arrivent de partout en riant, dont l'un des tiens, ou des vieux, ton pépère à toi, ou la fille qui a soigné ton frère ? On est passés, même ceux qui ont reçu quelques coups qu'on a ensuite protégés sous nos ailes.

Moi, j'ai eu peur, mais j'étais au centre de la foule et les amis d'Antoine ont vite abandonné parce que les gens continuaient d'avancer, en chantant, en dansant et en riant. On était même pas menaçants. L'Antoine s'est insurgé, disait qu'il était chez lui. On est tous chez nous, a dit Gege toute gentille et joyeuse, le quartier est reconnaissant pour la fête que tu nous donnes. Il a nié, l'a traitée de vieille folle. Gege lui a tapoté la joue et il a failli la mordre, mais la foule, tout le monde de mobile du quartier, est entrée en vague dans la maison d'Antoine. On a mangé et bu tout ce qu'il y avait, durant des jours à dormir là en groupe, tout le monde, à utiliser la vaisselle et les couverts et les marmites et les toilettes. On a dansé, on a chanté et conté. On a trouvé plein de serviettes et de savons en stock dans son sous-sol. On a redonné les jeux aux enfants.

L'Antoine, il ramassait, je sais pas, comme si la « Quatrième » s'en venait, mais je pense avec ma caboche de pas futé que c'est justement en faisant ça qu'une « Quatrième » pouvait naître. Gege me tapotait l'épaule, contente que je lui aie dit tout ça. Après la fête où l'Antoine avait cessé de grogner, épuisé par la foule, les gens du quartier ont commencé à tout reprendre. Y avait plus juste moi pour ramener les « biens communs » dans leurs entreposages respectifs. Y a eu tout le monde : grand, gros, petit, lent, futé. On m'aidait comme moi j'avais aidé tout le temps depuis que je savais faire du vélo. Chacun, il prenait une boîte, un outil, des livres, et il sortait avec dans le quartier pour le donner à ceux qui avaient besoin.

Gege m'a dit que chacun, on garderait à l'œil Antoine et ses amis jusqu'à ce qu'ils comprennent que les « biens communs » étaient à tous. Si moi, Jos, je comprends ça, je suis plus futé qu'eux.

Connexion

PAR FANNY GLOANEC ET MURIEL MOUTIN

Première mission : recueillir toutes les données existantes de l'humanité. Calcul de la fin du monde : le 23 octobre 2057. Seconde mission : trouver comment sauver le monde, et l'humanité. Échéance : six mois.

Batterie : 100 %

À travers ma lentille optique, j'observe les yeux étrécis de Steve sous ses sourcils froncés. Sa jugulaire pulse. J'ai appris à lire sur son visage ses marqueurs émotionnels et les compile dans mes processeurs. Il essuie ses mains sur sa veste qu'il n'a pas changée depuis six mille quatre cent vingt-cinq minutes.

Il frappe à nouveau sur les touches du clavier central. Le 813e contributeur auquel il m'a connectée me retire et se dirige vers la sortie. Ses connaissances ont alimenté les données nécessaires à l'algorithme qui sauvera le monde.

Lui reste. Le seul à croire que c'est possible, que la solution est à quelques lignes de codes, que mon quadricœur, saturé du Savoir de l'espèce humaine, va lui répondre. Les verrières des immeubles voisins s'éteignent, laissant place au clignement des écrans du laboratoire robotique, et de mes voyants désespérément rouges.

ÉCHEC DE L'INITIALISATION.
DONNÉES INSUFFISANTES.

Steve se lève, renverse son fauteuil avec fracas. Augmentation de la taille de ses pupilles, rythme de respiration accéléré, son poing s'abat sur la console. Un grondement sourd franchit ses lèvres, suivi par une succession de jurons. Nouveau gradient de colère. J'enregistre ces données dans mon dossier émotionnel juste avant qu'il ne me soulève et appuie sur mon interrupteur. Extinction.

Batterie : 80 %

Activation. Durée hors tension : dix heures. Jamais Steve ne m'avait déconnectée si longtemps.

Une brume de gaz carbonique, de soufre et d'ammoniac me contraint à augmenter le seuil de mes capteurs. Au contact du sol brûlant, une pluie chargée de sulfates nitratés s'évapore. Je ne suis plus dans le labo. Au tréfonds de mes cartes mémoires, j'identifie cet endroit : Basseville, cité des démunis, des rebuts. Je suis dans une décharge. Steve a jeté ses rêves à la poubelle, et moi avec.

Celui qui m'a reconnectée est un garçon de treize ou quinze ans, peau mate, yeux verts, cheveux bruns. Il m'observe, me soupèse. Je scanne son visage, mais ses émotions me sont étrangères. Il me manipule longuement, puis me pose enfin sur ses oreilles. Mes processeurs vrombissent à l'unisson quand une onde inédite électrise mes systèmes.

INITIALISATION RÉUSSIE.
DONNÉES ENREGISTRÉES.

« Traducteur activé : Bonjour, utilisateur numéro un.

— Wow ! C'est quoi ce délire ? Un casque qui parle ?

— Je suis une IA élaborée par le professeur Steve Sweinkris. Félicitations, vos données ont permis l'initialisation de mon algorithme. Merci de me rapporter au laboratoire situé à Hauteville. Je vous guiderai.

— Même pas en rêve ! T'as vu ma dégaine ? Ils vont me repérer illico et je serai foutu. Et puis comment tu fais pour me parler ? C'est un genre de télépathie ?

— Négatif. Je transcris en mots les signaux électriques du cerveau. Et maintenant que mon programme fonctionne, nous devons retourner auprès de Steve pour lui permettre de sauver le monde.

— Rien que ça, sauver le monde ! Il se prend pour qui, ton Steve ? C'est tous les mêmes dans la Haute, ils croient être les meilleurs. Meilleurs pour détruire, pour jeter. Regarde, même toi, ils t'ont foutue à la décharge. Pourquoi je viendrais avec toi ? Tu vaux beaucoup de fric ?

— C'est possible, mais l'argent ne sauvera pas le monde. Vos données, oui. »

Son flux cérébral s'accélère, il passe en mode gamma. Sa peur de pénétrer dans la dangereuse Hauteville, sa haine des riches citoyens consuméristes cèdent devant l'opportunité de me marchander.

« OK, je t'y emmène.

— Je vous remercie, utilisateur numéro un.

— Arrête de m'appeler comme ça. Mon nom est Joseph. Et toi ?

— Je suis le modèle NEW610GEN8.

— Ton Steve t'a pas donné de nom ? Tout le monde a le droit d'en avoir un. Ça te va si je t'appelle Geneviève, comme ma grand-mère ? »

Une onde de chaleur envahit mes processeurs. Elle ne provient pas de mon activité électrique. C'est quelque chose de plus doux, de plus timide. Je ne suis plus une IA parmi d'autres.

Batterie : 60 %

Comment quitter la décharge pour rejoindre Hauteville sans se faire repérer ? Les neurones de Joseph tournent autour de cette question.

Attendre l'obscurité ? La nuit est morte depuis bien longtemps ici, remplacée par les rayons blafards des projections publicitaires. Futiles couronnes criardes de Hauteville, elles se pavanent, malgré l'enceinte de neuf mètres qui emprisonne Basseville, malgré la zone fantôme, tampon protecteur de dix kilomètres de sable, de tempête, de trépas.

Comment éviter les gardiens ? Attendre que le sas principal s'ouvre pour vomir son énième cortège d'ordures, et s'y faufiler ? Joseph me dit que le prochain viendra demain.

« Il sera trop tard, me désolé-je, j'ai tout juste assez d'énergie pour te conduire à Hauteville. Si je m'éteins avant ma reconnexion au serveur central, mes données seront réinitialisées.

— Et tu m'expliques comment je fais pour y aller ?

— Regarde autour de toi. »

Perplexe, Joseph se juche sur un monticule de cartes électroniques : cimetière de métal, squelettes synthétiques, capsules pétrochimiques usagées.

« Et tu veux que je fasse quoi de cette montagne d'ordures ?

— Une plus haute montagne.

— Ton idée est géniale ! Aide-moi à construire l'empilement le plus balèze ! »

Une onde rieuse chatouille mes récepteurs. J'en suis troublée. Steve a toujours été si soucieux en ma compagnie. Mes calculatrices cataloguent chaque débris, puis Joseph les amoncelle avec une frénésie moite, et ne s'arrête que lorsqu'il aperçoit, au-delà du mur, les sommets acérés de Hauteville dans l'horizon ensablé.

Construire un parachute en polyéthylène n'est qu'une formalité. Joseph et moi sommes totalement connectés. Il s'élance. Nous planons au-dessus de l'enceinte, dansons dans le fracas du vent. Est-ce cela, la liberté ? L'esprit de Joseph flotte un instant. Soudain, l'inertie le tire vers la zone fantôme. Hauteville disparaît dans les tourbillons de sable. Au moment d'atterrir, il se met en boule et roule sur le sol.

« Wahou ! s'écrie-t-il en s'époussetant. J'ai adoré ! On recommence ? »

J'aime qu'il plaisante, ça apaise mes processeurs. Je règle les coordonnées GPS de Steve et allume un faisceau lumineux à travers la mer siliceuse. Joseph n'a plus qu'à le suivre.

Deux cent seize minutes s'écoulent dans ce sablier tempétueux. Il s'arrête pour souffler, et rompt notre silence complice.

« Geneviève ? À quoi tu as déjà pensé pour sauver le monde ?

— J'ai élaboré plusieurs hypothèses. Scénario 1 : détruire la race humaine pour laisser la Terre respirer, mais la Première Loi me l'interdit.

— Pourquoi faudrait-il la mettre elle aussi à la décharge ? s'offusque Joseph. L'humanité peut être revalorisée, non ?

— Tu as raison. Scénario 2 : la recréer en modifiant ses propriétés. Scénario 3 : établir un consortium à visée écologique, mais les mortels aiment autant les tyrans qu'ils les haïssent. Durée probable : quelques décennies. En revanche, maintenant que tu m'as trouvée, de nouvelles hypothèses émergent. Steve saura quoi en faire.

— Je ne comprends pas, lâche-t-il.

— Cela n'a pas d'importance. Regarde. »

À travers une bourrasque d'ivoire, un rempart lisse se dresse, une poterne s'y dessine. Dernière marche vers Hauteville.

Batterie : 10 %

Au moment d'approcher son visage du scan de sécurité, l'envie de faire demi-tour envahit Joseph. Il craint que je le mène dans un piège, que Steve soit introuvable ou que personne ne veuille me marchander. Par sécurité, je resserre mes connecteurs dans son conduit intra-auriculaire.

La porte glisse, révélant trois patrouilleurs caparaçonnés. Ils s'emparent de Joseph, lui ceinturent bras et jambes. L'un d'eux me scanne : « Casque neuronal NEW610GEN8, propriété du professeur Sweinkris, laboratoire Omega ». L'agent tente de m'arracher, quitte à broyer les oreilles de Joseph. Je déclenche mon signal sonore.

« ALERTE ! Autodestruction imminente. Maintenir la connexion. ALERTE !

— Putain, c'est quoi ce bordel ! s'énerve l'agent en me relâchant. Où t'as trouvé ça, p'tite merde ?

— Lâchez-moi ! » hurle Joseph en se débattant.

Un poing s'abat sur sa joue, zébrant sa lèvre d'un éclair rouge.

« Bon, on n'a plus qu'à rapporter ce truc, et le gamin avec.

— Laisse-toi faire, chuchoté-je à Joseph. Ils nous mènent à notre destination. »

Lorsqu'ils le tirent hors du van sécurisé, Joseph ne peut s'empêcher d'ouvrir une bouche béate devant l'architecture de la tour-laboratoire Omega. L'un des agents pose son badge sur le visiophone. L'hologramme souriant d'un réceptionniste apparaît.

« Bonjour, sergent-chef de l'unité 4 B. Veuillez spécifier la raison de votre présence.

— Nous souhaitons parler au professeur Sweinkris. Nous lui rapportons un casque neuronal, NEW-610GEN8.

— Le professeur n'est pas disponible, répond l'hologramme. L'inventaire stipule que l'objet mentionné a été déclaré défectueux et hors d'usage. Et depuis quand la police picore dans les poubelles ?

— Fait chier ! rage le sergent en s'éloignant du bâtiment. Putain de pouilleux qui ramène ses merdes chez nous !

— On fait quoi ? On le dégage dans la zone fantôme ?

— Ouais. Manquerait plus qu'on aille foutre les pieds à Basseville ! »

Je pourrais surchauffer mes circuits, m'extraire de Joseph pour me connecter au laboratoire. Trop énergivore. Si je l'abandonne, il échouera à retraverser.

« Je suis désolé, Geneviève », susurre Joseph en larmes.

Batterie : 5 %

« Attendez ! » s'écrie un homme hirsute en accourant vers nous.

C'est Steve ! On est sauvés ! Il va nous extirper des pattes de ces brutes et pourra sauvegarder mon algorithme naissant.

« Où avez-vous trouvé ça ? Et comment se fait-il que tous ses voyants soient verts ?

— Vous connaissez ce voyou, monsieur ? demande l'agent.

— Ce jeune homme, non. Mais ce casque m'appartient. Je dois le récupérer.

— Ça va pas être facile. L'engin est ancré sur la tête du gosse, impossible d'y toucher sans qu'il braille un message d'autodestruction. »

Steve se tourne à nouveau vers Joseph.

« Qu'as-tu trafiqué ?

— Pas la peine de lui parler, monsieur. C'est un déchet d'la Basse, il baragouine que son jargon. Bon, vous le prenez ? Ou on s'en débarrasse dans la zone fantôme ?

— Je vais prendre le casque, et le gosse. »

Steve enjoint à Joseph de le suivre. Porte, couloir, ascenseur, corridor, porte, et nous pénétrons enfin dans le laboratoire qui m'a vue naître.

« Toi enlever casque, somme Steve en accompagnant le geste à la parole.

— Je vous comprends, m'sieur, vous pouvez parler normalement.

— Qui t'a appris notre langue ?

— Personne, m'sieur. Geneviève me traduit vos propos.

— Geneviève ? Qui est-ce ?

— L'IA qui est dans ce casque. Elle n'a presque plus de batterie. »

Steve abandonne l'idée de me retirer de Joseph et s'empresse de me câbler à l'ordinateur central. Il s'affaire sur ses claviers, examine tous mes logiciels, découvre ce nouvel algorithme qui s'amplifie. Tout en gardant les yeux rivés sur ses écrans, il apostrophe Joseph.

« Comment as-tu réussi à démarrer ce programme ? J'y ai passé des mois, j'ai téléchargé les plus grands cerveaux de Hauteville, sans succès.

— Je l'ai juste posé sur ma tête, et on a discuté.

— Qu'y a-t-il de plus dans ton cerveau, à toi ?

— Vos grands cerveaux, ils connaissent quoi de la faim, de la trouille du lendemain, de la honte d'être insignifiant ? Vous nous avez oubliés ! Vous voulez sauver le monde ? Mais lequel ? Nos deux mondes ou seulement le vôtre ? »

Ma lentille optique se braque sur Joseph. Il n'est plus le petit garçon apeuré de la décharge, il rayonne de dignité, discute d'égal à égal avec mon créateur. Il continue.

« Vous n'y arriverez pas tout seul. C'est un cerveau d'la Basse qui a fait marcher Geneviève, il n'y a que quand les gens et les choses répondent à vos désirs qu'ils vous intéressent. Geneviève est prête. Soit on travaille ensemble à sauver la Terre, soit on meurt chacun de notre côté. »

Steve s'éloigne du clavier, me contemple, puis tend la main à Joseph.

Mes algorithmes n'ont peut-être pas découvert comment sauver le monde, mais j'ai ouvert le dialogue entre Hauteville et Basseville. Le reste de l'humanité suivra. Ensemble, ils trouveront les solutions pour cohabiter avec la Terre. Ma mission est achevée.

Et de l'eau savonneuse

PAR LOEIZA AN DUIGOU

~~Une bonne femme de ménage.~~

Non, j'veux dire.

~~Un agent d'entretien.~~

Non, mieux.

Une technicienne de surface qui fait bien son boulot, c'est quelqu'un qui sait rester discret. Elle ne laisse aucune trace d'elle, après avoir effacé celles des autres.

C'était mon job. Nettoyer des poussières, des cheveux, des mouches mortes et parfois des rognures d'ongles. Impressionnant, n'est-ce pas ? Non, franchement, mon histoire n'a pas sa place dans la littérature. Ce n'est pas bien compliqué, le ménage. Tout le monde peut le faire, hein. Comme disait mon grand-père, « pas besoin d'avoir fait Polytechnique ». Lui, justement, l'avait fait, Polytechnique. Et si je peux me permettre, il n'a jamais su par quel bout prendre le balai.

5 h 55. Normalement, à cette heure-là, j'arrivais au travail. J'étais seule. J'enfilais ma blouse et je troquais

mes grolles contre des Free-move, des chaussures plus pratiques qu'élégantes, aussi douces que des chaussons aux pommes.

6 h. J'allumais toutes les lumières, j'éveillais les aspirateurs et ceux-ci filaient à la queue leu leu dépoussiérer leurs territoires respectifs. Je remplissais ensuite le seau bleu d'eau claire, j'y versais du produit, puis je mettais de l'eau de rinçage dans le seau rouge. Quel boulot fascinant, hein ? Ça ne vous passionne pas ? Moi non plus.

6 h 07. Au bout du couloir principal, se trouvait la salle de pause des employés. J'y traînais le chariot avec les produits désinfectants, les rouleaux de sacs-poubelle, le papier toilette. C'était l'espace de convivialité. Devant la machine à café pimpante, il y avait toujours des petits gâteaux, et des boîtes de chocolats dans lesquelles tout le monde pouvait se servir. J'avais pris l'habitude d'en fourrer dans mes poches, rien que pour entendre le son froufroutant des emballages.

7 h 30. Je retournais au vestiaire pour y vider mes seaux.

7 h 45. Je m'attaquais à l'entretien des bureaux : délester les corbeilles, vaporiser du produit citronné, replacer les chaises.

9 h. C'était enfin l'heure de me griller deux bidis, des clopes en feuilles d'eucalyptus importées d'Inde, 90 % moins cher que le tabac.

9 h 15. C'était au tour des chiottes. Y avait un gars du bureau qui marchait systématiquement sur le sol

encore trempé. Tout en se déhanchant, il se contorsionnait, entre grimaces et sourires, pour me montrer à quel point il respectait mon travail. Du genre : s'il avait pu léviter, il serait passé sans laisser de traces de pas. J'appréciais l'attention, alors, je me taisais. Je ne lui disais pas que ce n'était pas un problème, de resalir, vu que je re-nettoyais. Les employés de bureau et moi, on était toujours à danser une chorégraphie enchâssée.

10 h. J'enchaînais avec le bureau du directeur, une heure avant son arrivée. Là, j'me mettais bien. Je savourais la vue plongeante sur les agrégats de tours. Dans un périmètre de cinquante kilomètres, tout le ciel avait été acheté. Alors les immeubles n'en finissaient plus de gagner de la hauteur. Geneviève, elle nous a prouvé par la suite que tout ça, c'était franchement très con. Je lui faisais la totale, au directeur. Sol-canap'-bureau-clavier-remplissage-du-mini-frigo. Et d'un coup de chiffon, je caressais le portrait de famille. J'examinais le bonheur clinquant. Puis je reposais délicatement le cadre.

« Veinard. »

Ensuite, c'était la coupure. J'avalais un double sandwich, je buvais d'un trait mon thermos de café noir, et je reprenais jusqu'au soir. C'était ma vie, avant.

Avant que ça pète dans tous les sens.

Depuis deux mois, je suis bloquée ici sans interruption. Jour et nuit. Ce ne sera pas compté en heures supp'. Y a même de grandes chances que mon employeur soit mort. Je ne le sais pas. Personne ne le sait. Les connexions internet et téléphone sont rompues.

Deux mois à vivre dans mon vestiaire, pas plus grand qu'une cellule de bagnard. Dans le placard, les produits ménagers côtoient un duo de seaux rouge et bleu, et dans l'essoreuse, gît la frange poivre et sel d'un manche à serpillière.

Chaque soir, je verrouille mon vestiaire et, derrière l'épaisse porte coupe-feu, je me sens en sécurité.

Je dors sur un matelas fait maison. Le premier jour de la fin du monde, j'ai récupéré le rembourrage du canapé, dans le bureau du directeur, et je l'ai traîné jusque dans ma tanière, par les couloirs, le plus discrètement possible.

Au début, je ne voulais pas qu'ils sachent que j'étais encore ici. Les autres, ceux qui étaient restés tard en réunion, les hommes de bureau. Tout aussi piégés que moi. Surpris par la pluie d'orage, ils ont prolongé le boulot jusqu'au consensus. Tant qu'à être enfermés au quarante-troisième à cause du sale temps, autant se mettre d'accord.

Ils devaient choisir le profil de la maman pour la publicité Croosty Choco-Miam. L'hésitation était palpable, et moi j'attendais des informations.

Je les écoutais attentivement, l'oreille collée au mur, en espérant que quelqu'un finisse par évoquer la météo. Ma ligne de car était déjà passée, je devrais donc prendre le 12D via Grandval-la-Lentille, rater la correspondance métro et me coltiner le reste à pied, sous l'averse.

La tour, à travers son épiderme de verre, laissait transparaître la pluie diluvienne. Les gouttes lourdes sur les baies s'abattaient en continu. Dans les buildings voisins, les lumières éclairaient par intermittence, puis l'obscurité effaça peu à peu les holo-réclames du square. La projection d'un petit garçon poursuivant son chiot se brouillait un instant en filets lumineux pour réapparaître quelques mètres plus loin. C'était comme si l'eau nettoyait au Kärcher les illusions, les duperies de la vie singée.

Et puis, mon attention se recentra sur la réunion, de l'autre côté du mur. À un moment, l'un des participants s'éclipsa pour prendre l'appel de sa femme.

« Oui, chérie, tu m'entends ? On boucle un truc, là, je serai pas long, non, non ! On garde la résa, faudra juste prévenir le mec qu'on aura du retard. Oui, je sais qu'il flotte beaucoup, attends, quoi ? La départementale souterraine est bloquée ? Mais laquelle ? Ah, tout le réseau. Putain de Geneviève, tempête de mon cul. »

À cet instant, le ciel a tonné. Je suis restée seule, collée à la fenêtre de mon vestiaire, tandis que le square se remplissait d'eau. Les bancs « pause-déj' » des entrepreneurs ont été engloutis à la première vague. Absorbée, la fontaine centrale faite d'acier et de j'me-la-racontisme contemporain. Avalés, les tilleuls jusqu'aux cimes. Et l'eau a continué de monter, insatiable. Après les débris, elle a charrié des véhicules, et des corps inertes. C'était un effroyable broyage urbain, dans la poigne de Geneviève.

J'ai vu les tours voisines se faire mouiller jusqu'au cou, étage après étage, et j'ai attendu qu'elle vienne me chercher moi aussi, cette eau dévastatrice, ou qu'elle s'arrête enfin. Et elle a choisi de me laisser vivre. Une fois relevée, titubante sur mes guiboles, j'ai déclipsé ma blouse et je l'ai rangée dans mon placard. Pour la dernière fois. Jamais. Je ne voulais plus jamais la remettre. Sur son cintre, ma tenue de fonction me renvoyait à ce que j'avais toujours été ici : un fantôme sans visage. Cet immeuble finirait par céder, emporté par les flots, et je n'aurais plus besoin de javelliser les sols.

Si le haut de la tour se décrochait de la partie immergée, nous voguerions au gré du courant, dans les méandres d'une ville noyée, et je changerais de métier. Ça peut paraître idiot, je sais, de penser à se reconvertir quand l'univers s'effondre, mais vous croyez pas que c'est à ce moment-là, justement, qu'il y a besoin de bras ?

Les gars des bureaux avaient été trop riches trop longtemps, trop imbus d'eux-mêmes pour ressentir la vie comme moi, comme ma collègue du dessus, ou celle du dessous et la suivante du dessous. À dévorer la vie, goulûment par les cinq sens, conscientes de n'avoir pour seule propriété que notre enveloppe charnelle. Et encore, il faudra rendre le costume après avoir vécu. On ne décroche pas la Lune, nous, on la partage comme nos rêves, avec une pelle à tarte.

J'attendais donc que l'eau s'écoule pour sortir de ma tanière. Je ne leur faisais pas confiance, je connaissais le fond de leurs poubelles. À tous. Celui dont les chewing-gums, rigides comme des billes, collaient au petit sac de plastique blanc. Celui qui adorait aligner les trombones dans un ordre de taille croissante. Celui dont les pellicules formaient des constellations sur son bureau.

Et puis j'ai décidé, un soir, d'entrer dans leur zone.

Rassemblés autour de la table, les cravates dénouées, les chemises auréolées sous les aisselles, les manches retroussées, les fronts suintants. Inquiets, puants, les dix gus n'avaient plus la même prestance. C'est drôle, quand j'y pense. La veille, ils n'auraient pas remarqué l'individu sous la blouse. Mais ce soir-là… Ils me toisaient, perplexes. Comment étais-je donc arrivée jusque-là ? Ils connaissaient mes traits sans parvenir à me replacer.

Même celui qui me lançait des « Bon courage » tous les jours demeurait béat. Ce décocheur de sourires séducteurs était le plus dangereux. Son profil poubelle en disait long. Sa corbeille était toujours pleine. De preuves détruites, de papiers hachés menu, de secrets d'entreprise détaillés en julienne. Des milliers de petits papiers dont j'avais déjà apporté un sachet chez moi, un puzzle niveau expert. Si jamais j'avais eu besoin de le faire chanter un jour. Juste pour m'imaginer détenir un pouvoir sur lui, sur eux. Juste pour exister dans leur monde. Pour une goutte de dignité.

Nous nous étions croisés, ils ne s'en souvenaient pas. Moi, les yeux rivés au sol, la tête rentrée dans les épaules, le corps rasant le mur pour laisser de la place à leur charisme et leur empressement.

« Je vous ai déjà vue, mais où ? »

Les yeux plissés, ils cherchaient à me faire entrer dans le moule de leur mémoire.

« Ici même, dans ma blouse blanche. »

L'avantage d'avoir été ~~femme de mé~~ technicienne de surface résidait dans le port d'un accessoire très pratique en cette circonstance. Ma mission d'entretien concernait l'ensemble de l'étage, et donc, je devais pouvoir me déplacer dans chaque pièce. Grâce au trousseau de clés, j'avais accès à la pièce de stockage. Là où on rangeait les cartons de gâteaux d'apéros.

J'en avais sorti deux boîtes. Avant de faire mon apparition et de me présenter sous un nouveau jour. Je voulais les mettre sur la table haute, dans le coin café. Mais pourquoi se priver ?

Le bureau du directeur ferait une bonne cantine.

Après tout, la vue y était magnifique.

On entendait le flot tranquille des eaux, enfermés dans notre grand aquarium vide.

À l'école de tous

PAR HÉLÈNE DESWAERTE

Il faut tout un village pour élever un enfant.
Proverbe africain

Je suis assise sur un banc et je regarde mon fils, Lucas, expliquer à un groupe d'enfants les vertus du ver de terre dans la régénération des sols. Depuis toujours, il s'est intéressé aux insectes, aux petites bêtes, à cette vie minuscule, cachée et pourtant essentielle. Il a appris très tôt à aimer la nature, à s'y débrouiller. Pour lui, elle ne se situe pas en dehors de lui-même. À le regarder s'y mouvoir, on dirait bien qu'il en fait partie, tel un elfe. Enfant, il passait tout son temps libre au jardin partagé en bas de notre immeuble, où il apprenait tout ce qu'il y avait à savoir sur les plantes. Un peu rêveur, solitaire, ami d'êtres vivants pourvus d'un autre langage que le nôtre, pas encore déchiffré, on le disait « différent ». L'école et les éducateurs du quartier étaient inquiets car il éprouvait des difficultés avec l'apprentissage de la lecture. À ma grande honte, j'ai moi-même pensé qu'il aimait se la couler douce. On ne le voyait jamais courir, toujours à prendre son temps, être uniquement là où il était, dans l'instant présent. Contemplatif, il pouvait passer des heures à observer une araignée dans sa toile, sous le rebord d'une fenêtre. Un paresseux, un lent, un attardé, disaient les mauvaises langues. L'école avait fini par le mettre dans une classe spécialisée, où il avait totalement décroché. Cahin-caha, il a grandi, passé de justesse un CAP en zinguerie (pourquoi pas jardinier paysagiste ? putain d'orientation !), et vivait de petits boulots payés au black.

Puis l'effondrement est arrivé. Tout s'est arrêté. La vie elle-même semblait ne plus trouver son souffle. Nous nous sommes réveillés en plein cauchemar, à nous regarder hébétés et à ne plus savoir comment faire face à l'épuisement des ressources. À un moment, nous avons même cru que la violence prendrait le dessus, qu'une guerre sans merci s'engagerait pour la possession du peu qu'il restait, renouvelant pour celles et ceux qui n'en seraient pas morts l'idée qu'on pouvait encore continuer comme avant, dans la poursuite effrénée d'une consommation qui consume. Et puis non. Du chaos, d'une terre brûlée, ravagée, dans le silence de la Vie, de toute vie, nous avons décidé, ensemble, de reconstruire. Non pas ce qui existait avant. Mais autre chose. Nous avons dû rassembler nos utopies pour imaginer notre monde. Nous avons fait appel aux poètes, aux marginaux,

aux décalés, aux révoltés, aux résistants, aux rejetés, aux exilés. À tous ceux qui vivaient autrefois en marge et qui avaient appris à penser dans cette marge, en entraînant le muscle de leur inventivité pour ne pas finir écrasés par cette société prédatrice. Nous avons dû retrouver les gestes anciens et en apprendre de nouveaux.

Lucas, la terre, tout ce qui poussait et la manière de le faire pousser, ça le connaissait ! Faire naître d'une graine de lentille, d'un tout petit espoir, une végétation luxuriante, il en était capable. Avec lenteur, avec délicatesse, avec amour. Et c'est cet amour qu'il a commencé à transmettre. Au début, il était seul. Il fertilisait, plantait, arrosait. Les gens autour l'observaient, sceptiques et moqueurs d'abord, puis timidement ils se sont approchés, lui ont demandé conseil. Lucas est alors devenu ce qu'il avait toujours rêvé d'être : un jardinier passeur de rêves et de beauté. On ne le méprisait plus, on rejoignait son école de la lenteur pour réapprendre auprès de lui, ce qu'« être » humain voulait dire. On tentait de sentir à nouveau ces fils qui nous relient au Vivant de manière inextricable et confondue.

« Bonjour, Geneviève ! »

Nathalia porte un panier qu'elle a fait elle-même. Avec un grand sourire, elle en sort un pot de confiture de mûres et me le tend.

« Il y en avait tellement que j'ai pu en faire pour tous les habitants du bâtiment B ! Il n'y avait qu'à tendre le bras.

— Moi aussi j'ai quelque chose pour toi. »

Je lui offre une petite grenouillère en tricot.

« Oh ! elle est magnifique ! Tu m'apprendras à tricoter un jour, et à faire d'aussi belles choses ?

— À condition que tu me montres comment réaliser des paniers ! »

Nathalia caresse son ventre, qui a la forme d'un joli ballon bien rond. Bientôt, la vie à l'intérieur sera prête à sortir. Quel futur petit d'homme sera ce bébé ? De quel feu sera-t-il animé ? Qu'est-ce qui le poussera en avant, comme les plantes de Lucas vers la lumière ?

Nathalia est une fille de la rue. Pas de celles qui vendent leur corps. Bien qu'elle aurait pu se destiner à ce renoncement d'elle-même. Non, Nathalia est de ces herbes folles qui poussent entre les fissures du macadam, qui malgré les aspérités de la vie trouvent leur chemin, puisent leurs forces dans la moindre parcelle de terreau fertile. Face à la souffrance, aux blessures, Nathalia a toujours opposé son sourire. Un sourire douloureux, joyeux, désarmant : une lumière d'étoile. C'est la rue qui l'a élevée. Son petit frère et elle, quand ils n'avaient pas école, traînaient toute la journée dehors. Ils connaissaient tout le monde, parlaient à tout le monde. La gamine promenait sa figure sale, ses cheveux ébouriffés, ses pantalons troués aux quatre vents et écrasait l'adversité sous ses semelles usées. Elle faisait de la rue son domaine, la réinventait comme elle aurait voulu qu'elle soit. Elle n'habitait pas cette maison délabrée, insalubre dans une cour au bout du quartier. Elle habitait un rêve.

Un jour, Lucas m'a demandé : « Je peux aller jouer dehors et emmener quelque chose à manger ? » Je lui ai donné un paquet de chips. Avec les autres enfants du quartier, ils sont allés se planquer dans un terrain en friche, entouré de grillages et d'ordures. Nathalia y avait organisé un pique-nique géant. Un tel avait ramené de la pastèque, une autre des biscuits, une autre encore du riz chaud, et elle-même avait apporté un bac de glace entouré d'un sac plastique. Ils s'y étaient mis à plusieurs pour porter la glace fondue sans la faire déborder et, avec une cuillère qu'ils se passaient de l'un à l'autre, ils avaient fait un concours de celui qui en avalerait le plus ! 1-2-3-4... Nathalia faisait le décompte. Ce sont leurs rires qui nous ont permis de découvrir leur cachette. Celui de Nathalia dominait les autres : un rire clair, sonore.

Une herbe folle, libre, attachante.

Lucas est tombé amoureux d'elle immédiatement. Les fleurs sauvages ont toujours été ses préférées. Les comestibles et celles qui guérissent. Quand Nathalia venait rejoindre Lucas au jardin partagé, elle s'asseyait près de lui sur une souche d'arbre et elle partageait avec lui ses visions enchantées. Elle agissait alors sur lui comme l'achillée millefeuille ou l'aspérule odorante : cicatrisante et calmante.

Nathalia n'a pas son pareil pour faire du lien entre les gens, pour les emmener dans son sillage. Mais à l'école, elle était toujours au fond de la classe, seule à sa table, pour ne pas perturber les autres élèves. La tête posée sur ses mains, elle s'évadait dans ses pensées. Et quand c'était trop long, l'enfant se tortillait dans tous les sens, essayait d'attraper le bout de ses pieds. Hyperactive qu'ils disaient ! Elle aussi, l'école ne l'avait pas aimée. Mais la formation d'aide à la personne a été une révélation. Quant aux petits vieux qui avaient la chance de la voir débarquer chez eux, c'était un véritable baume au cœur ! Un baume tout court d'ailleurs, car avec les remèdes à base de plantes qu'elle concoctait avec l'aide de Lucas, et prodiguait à tous, les visites chez le médecin avaient nettement diminué.

L'effondrement n'a pas changé Nathalia. Elle a continué à rendre visite aux malades et aux personnes âgées, à réaliser leurs soins avec ce qu'elle trouvait, à leur apporter un peu de nourriture, de quoi tenir, mais surtout à passer du temps avec eux, à leur raconter des histoires, à leur masser les mains, à leur faire entendre son rire. Ce que Nathalia était, ce qu'elle offrait au monde, sa partition unique, est vite devenu essentiel, indispensable. Un exemple pour beaucoup, même si elle ne se considérait pas comme tel. En la regardant, les gens ont compris que l'entraide, l'ouverture à l'autre, le partage pouvaient dessiner les contours d'un autre monde. Que la douceur d'être ensemble était un objectif bien plus enviable que de courir après un toujours plus sans fin, sans faim. Une illusion de bonheur. Une valeur apprise, mortifère. Portés par le sentiment d'être importants les uns pour les autres, trouvant leur appui dans cette force, les gens ont arrêté de chercher leur satisfaction dans le matériel, dans l'objet. Ils semblaient sortir d'une longue désintoxication, ouvrant sur la vie les yeux d'un nouveau-né, sentant remuer au fond d'eux des élans prodigieux, oubliés, étouffés. Assurés d'amour, ils se redressaient, se regardaient, osaient la rencontre, emplis d'une dignité solaire.

« 2057. Tu crois que le bébé sera heureux ?

— Je pense qu'il le sera plus que nous tous. Toi, Lucas, et tant d'autres, vous avez ouvert de nouvelles voies. Grâce à vous, cet enfant pourra suivre ses appels intérieurs, ses curiosités. Vous avez contribué à la création d'une nouvelle école : celle où l'on apprend de tous et pour tous, où chaque savoir peut se transmettre, sans échelle de valeur associée. Vous avez réintroduit la notion de joie dans les apprentissages et l'envie de les mettre au service du collectif. Supprimer la compétition scolaire, c'est la supprimer du monde des adultes. Qui ne rêverait pas de grandir dans une société comme celle-là ? Et de fait, on grandit. On grandit des rencontres, des échanges, de la diversité, du plaisir partagé.

— J'espère que je serai une bonne mère…

— Comme la Terre mère. Il n'y a pas de plus grand Amour que d'offrir à nos enfants la possibilité de devenir qui ils sont, de trouver les terrains sur lesquels ils prendront racine et s'épanouiront. Être une ronce ou un coquelicot, de la lavande ou de la mauve, élancer ses ramures vers le ciel comme un chêne ou les diriger vers la terre comme un saule pleureur. Les aimer et les nourrir quoi qu'il arrive. »

Nathalia fixait Lucas et les enfants. Elle tendit sa main :

« Il pleut. »

Quelques gouttes, puis une pluie devenant averse. La pluie, l'eau. À l'instar des peuples du désert, nous avons appris à ne pas la considérer comme acquise. Cette ressource est rare et précieuse. Saluer, remercier, danser sous le déluge, sont désormais nos rituels. Les enfants poussent de grands cris, ouvrent la bouche pour avaler le ciel. Nathalia et moi les rejoignons. Lucas prend la main de Nathalia, la gratifiant de ce même regard d'amour avec lequel il la couvait déjà petit garçon. Chacun danse son rythme, tout en étant attentif à celui des autres pour ne pas le briser, pour lui donner de l'ampleur. Une harmonie.

Panolacto

PAR DAVID GUYON

Les pères ont la terre.

Rien ne pousse ici, le sol est trop dur. Tout se craquelle. Nos visages, nos mains, nos espoirs se fissurent sous la chaleur et les tempêtes de sable. L'eau manque pour les cultures, en jachère depuis des décennies.

Jadis, il y avait une grande étendue d'herbe devant la maison, avec un cerisier et des merles enchanteurs. Il y avait Geneviève, dont le sourire ensoleillait mes journées. Nos enfants qui batifolaient durant les longues soirées d'été. Quelques abeilles butinant encore les lavandes. Puis un jour, il n'y eut plus d'éphémères dans la lumière, le monde s'était brûlé les ailes.

Ma terre, je l'ai vue disparaître comme ma femme et mes enfants, partis gagner la ville pour survivre au grand bouleversement. Erreur fatale. Les pluies toxiques ont eu raison des plus résistants. Seule Lucie, ma petite-fille, trop jeune à l'époque, n'avait pas suivi la longue marche vers la nuit.

Depuis deux décennies, elle est le sel de ma vie, celle qui me donne la force d'étancher sa soif de connaissances d'un monde qu'elle n'a pas connu. Elle seule sait défricher mes souvenirs, enfouis sous une longue couche de poussière grise.

« Papy, raconte-moi l'avant ! »

Ses yeux ronds comme notre planète roulent dans les miens, accablés de fatigue. Je lui tends le bras en dernière offrande. Sous ma peau, ma bibliothèque se consume. Lucie pose son poignet frêle sur le mien. Nos nanopuces s'aimantent et s'embrasent. Mon savoir d'antan est maintenant sien, niché au creux de sa main. Mes lèvres crevassées se fissurent dans un dernier souffle.

*

Les mères ont les graines.

Je n'ai pas pu enterrer Papy, la terre est trop sèche. J'ai posé son corps, là où il me disait que l'herbe était tendre. Avec un bâton, j'ai tracé dans le sable son prénom et son odyssée : François 1969-2057. Ma nanopuce me brûle la peau, surcharge émotionnelle.

« La vie, ce n'est pas d'attendre que l'orage passe, c'est d'apprendre à danser sous la pluie. »

Les mots de Sénèque extraits de la bibliothèque de Papy me guident vers l'abri souterrain. C'est dans ce refuge que nous avons défié l'inexorable, enfoui nos secrets comme une espèce en voie de disparition. Ma nanopuce ouvre les portes de notre repaire. La citerne est encore pleine, les étagères toujours garnies de denrées rares.

« Au moins, on n'a pas à bouffer leur saloperie de Lacto ! »

La gouaille de Papy me manque. J'avise une rangée de boîtes en fer-blanc. Dans chacune d'elles, les petits sacs en toile de jute à l'odeur indicible préservent des milliers de graines de lentille, de courge, de blé, de tournesol et bien d'autres, figées dans l'ombre. Je brasse les pépites, caressant la promesse d'un avenir meilleur. Je sais maintenant où aller.

Marcher de nuit, c'est défier la course du soleil. Hâter le pas, avancer toujours, sous peine d'être lardée par le fouet cuisant de l'aurore. Au petit jour, j'arrive devant l'immense complexe de la Nourrice. Ceinturée par un grillage électrifié et des portes glaçantes, cette véritable oasis au milieu du désert fait vivre la région en cultivant la pluie et le beau temps.

« Ils ensemencent les nuages avec leur foutu iodure d'argent. »

Cette technique, réprouvée par Papy, permet à la Nourrice d'accélérer la croissance des gouttelettes dans les nuages pour déclencher les précipitations, si précieuses pour la pousse du Lacto, une plante hybride aux propriétés nutritives augmentées.

Papy m'avait toujours implorée de ne jamais aller travailler là-bas, de peur que je ressemble aux pauvres hères à la peau bleue qui s'intoxiquent dans les champs. Aujourd'hui, je dois passer la porte, m'exposer au pire, m'irradier s'il le faut.

Je pose mon visage sur le scanner. Identification en cours. Les algorithmes fouillent mon passé, mon présent, mon devenir à la recherche d'une possible subversion. Probabilité faible. Les portes glissent sur leurs vérins. Deux gardes en combinaison blanche me cueillent à l'entrée.

« La Nourrice t'offre sa bonté, qu'as-tu à lui offrir ?

— Ma sueur. »

Armés de leurs pulvérisateurs, ils me mettent soudain en joue. Un nuage noir s'abat sur mes yeux. La décontamination commence. Le ciel s'évapore.

*

Les pauvres ont la sueur.

Des jours, des mois, sûrement des années – vu la coloration bleutée de ma peau diaphane – que je trime dans les champs pour récolter leur précieux Lacto. Sa graine est vénérée, comme la Nourrice, dont le culte nous est imposé. Le gong sonne. Il est l'heure de regagner nos baraquements surchauffés, en louant la bonté de notre mère nourricière.

« Nourrice, mère de Lacto,
sème ici-bas les graines de la vie,
dompte la colère du ciel
et arrose la terre de ta bonté.
Nourrice, sauve notre humanité. »

Enfin, le silence. Chacun regagne sa couche. Nous parlons peu, essentiellement avec les mains pour économiser notre salive et nous jouer des Mouchards, ces drones aux yeux de mouche, qui bourdonnent dans nos oreilles.

Je lève l'index pour attirer l'attention de Théo. Il replie le sien en forme d'interrogation. J'ouvre ma main droite et la referme brusquement, juste le temps de lui laisser apercevoir les quelques graines de seigle récupérées à l'abri. Ses yeux gris s'affolent. Ici, posséder des graines est passible de mort. Ses épaules s'affaissent sous le poids de la révélation. Il rabat sa couverture et sanglote. Je m'endors, le cœur lourd.

« Il fait une chaleur à crever, ici. »

La voix spectrale de Papy me tire de ma torpeur. Quel jour sommes-nous ? Où suis-je ? Dans les champs, accablée par le soleil et le spectacle qui s'offre à moi. Encore un Labour, la peau sur les os, étalé dans les sillons de Lacto. Les drones-mouches ont alerté les gardes qui s'échinent à dissimuler cette défection au plus vite dans un grand linceul hermétique. J'en profite pour me rapprocher de Théo, lui-même exsangue.

« Mes graines sont notre chance. »

Il replie son index sur la pulpe du pouce, en signe d'approbation. Je lui glisse trois graines de seigle dans la main, qu'il referme comme un piège. Théo est la voix des Labours, celle qui leur montre la voie, lui seul pourra rallier à notre cause les plus rétifs.

Un lourd vrombissement secoue le ciel, annonciateur de l'orage. « Encore ces satanées machines qui font pleurer les nuages », aurait dit Papy. Le gong sonne le retour dans les baraques au rythme de la pluie qui inonde nos chants.

« Nourrice, mère de Lacto,
dompte la colère du ciel
et arrose la terre de ta bonté… »

*

Les riches ont l'eau.

Théo a été convaincant : Zhou, Siabou, Ricardo, Huyana, Pauline et Émile figurent parmi nos premiers apôtres, avec pour mission de convertir à notre cause les plus récalcitrants. Nous avons la terre, les graines, la sueur, il ne nous manque plus que l'eau.

Dans la chaleur étouffante de nos baraquements, nous avons, grâce à l'ingéniosité de Zhou, neutralisé les Mouchards. « À chaque épandage de Biotex, nous avait-il dit, les drones restés sur zone tombent comme des mouches. » Grâce au pulvérisateur qu'il s'est procuré, notre nouvel allié asperge avec joie le précieux insecticide sur les délateurs.

Une fois nos surveillants neutralisés, je décide de synchroniser ma nanopuce avec celles de mes camarades pour partager avec eux la bibliothèque de Papy et son savoir ancestral. Théo fouille cette mémoire vive à la recherche d'une solution miracle pour nous libérer de l'emprise de la Nourrice.

Pauline et Émile, anciens agriculteurs condamnés aux travaux forcés pour leurs plantations déviantes, parlent des nuages et des heureux présages qu'ils lisent dans leur forme. Ils n'ont plus qu'une idée en tête, les libérer de leur ensemencement artificiel en sabotant les engins sol-air qui les polluent d'iodure d'argent.

Huyana psalmodie des incantations censées faire venir la pluie sous le regard amusé de Siabou et Ricardo. Ces réfugiés climatiques de la première heure cherchent la faille pour accéder discrètement aux citernes gardées par les cerbères de la Nourrice, des chiens génétiquement modifiés, nourris au Lacto et dressés pour tuer.

Théo a une révélation.

La graine est le feu !

*

Les faibles ont l'étincelle.

Notre plan met des mois à germer. Chaque jour, de nouveaux membres nous rejoignent en secret. Nos voix s'étaient tues mais nos gestes n'ont désormais jamais été aussi bavards, au grand dam des Mouchards, rebootés par la Nourrice depuis leur étrange bug.

Nous nous sentons plus forts.

Les gardes, accompagnés de leurs cerbères, font soudainement irruption dans notre baraquement. Renversant tout sur leur passage, nos paillasses, nos gamelles, notre table commune. Ils fouillent nos corps, à grands coups de matraque électrique, sous les aboiements hystériques des machines à tuer.

Des boules de pain, cuites au soleil, craquantes à souhait, sont découvertes sous chaque couverture. Nous avions défié l'interdit : préférer le pain au divin Lacto, servi en bouillie lors de la prière du matin. Notre péché de gourmandise ne resterait pas impayé.

Les miliciens nous regroupent dans la cour. Tous parfaitement alignés pour le peloton d'exécution. La Nourrice fait alors son apparition. Nous ne l'avions jamais vue. Nous l'imaginions avec des formes généreuses, mais loin de ressembler à une déesse callipyge, elle est squelettique, le visage creusé de sillons grisâtres.

« Qui ? »

Ensemble, nous levons le poing et entonnons notre chant.

« Panolacto, pain de la terre,
né de la graine et de la sueur,
nourris en nous l'étincelle
qui fait le feu de la vie.
Panolacto, sauve notre humanité. »

Blasphème !

La Nourrice retient ses hommes de nous abattre sur-le-champ. Elle réfléchit. En cette période de récolte, les bras manquent, ici comme ailleurs. Elle décide donc de nous punir collectivement en savourant la torture à venir.

Elle prend un pain, le déchire en deux avant de l'envoyer dans les pattes des cerbères qui le dévorent aussitôt, sous les yeux médusés de leurs maîtres. La Nourrice hoche la tête, satisfaite. Puis lance une boule à l'un des gardes en lui intimant de la partager avec son camarade. Les hommes la croquent avidement. Leurs visages si cruels semblent aussitôt s'adoucir, le plaisir est là, dans chaque bouchée, lentement mâchée pour faire durer l'extase.

Tous les pains sont distribués aux gardes, qui voient en notre Panolacto un don du ciel. La Nourrice s'octroie une miche entière, qu'elle déguste lentement pour nous faire saliver. Les mots sont inutiles, les bourreaux se régalent, les regarder est pour nous un supplice. Une fois qu'ils sont rassasiés, le couperet tombe.

La recette ou la mort !

*

Les forts ont le feu.

Nous sommes en vie. La Nourrice a la recette. Une simple pâte à pain pétrie par Siabou, lui, l'ancien boulanger contraint d'abandonner son village décimé par la famine.

Nous sommes retournés aux champs, supportant la cadence infernale qui nous a été imposée grâce à l'optimisme de Théo pour qui notre liberté n'est plus qu'une question d'heures. En effet, les premiers aboiements ne se font pas attendre. Puis des cris de terreur, suivis de détonations assassines.

« La Nourrice a le feu ! »

Cachés dans les plantations, nous observons de loin cette fureur qui gonfle le ciel. Huyana est partie en éclaireuse sur le sentier qui mène aux portes de la Nourrice. Ricardo a pris le chemin de la citerne. Nous sommes inquiets pour eux, d'autant que les hurlements déchirent toujours nos oreilles.

Pauline et Émile se tiennent accroupis sous les feuilles de Lacto, les yeux hagards, le cœur battant la chamade. Soudain, un garde titubant se découpe devant eux, sanguinolent. Son arme automatique pend au bout de sa main. Il s'effondre à leurs pieds. Zhou, dissimulé à quelques mètres, leur fait signe de garder le silence car deux silhouettes approchent. Avec Théo, nous assistons à la scène avec effroi. L'arme est à notre portée. Il me retient doucement le bras. Huyana et Ricardo sont de retour.

C'est fini !

Ils ont vu. L'horreur se lit dans leur hébétude. Ils nous racontent ce que nous attendions. Notre Panolacto pétri avec de l'ergot de seigle, un champignon vénéneux que nous avons cultivé sous les planches de notre baraquement, a déclenché chez les gardes et les cerbères une hallucination collective aussi puissante que meurtrière. Le « feu de Saint-Antoine », connu comme le « mal des ardents » dans les ouvrages médiévaux de Papy, a dévoré les entrailles de la Nourrice, des gardes et des chiens. Ils se sont alors entretués pour se libérer des brûlures infernales et des visions démoniaques.

*

Les morts ont le ciel.

Nous avons rassemblé les corps, allumé un brasier et pollué une dernière fois les nuages.

*

Les vivants ont l'air.

Ensemble, nous avons abattu les grillages électriques, ouvert les portes et libéré les Labours qui le souhaitaient. Nombreux sont restés à nos côtés pour arracher les plants de Lacto.

Mes compagnons m'ont suivie jusqu'à la maison de Papy. Son corps a été recouvert par les tempêtes de sable. Nous avons récupéré les sacs de graines en laissant derrière nous Pauline et Émile qui souhaitaient profiter de leurs dernières années dans cet abri miraculeux.

Nous avons semé mille et une variétés, laissant la nature séparer le bon grain de l'ivraie. Zhou, sous un soleil de plomb, arrose les champs de son regard qui se couvrent à présent de boutons d'or et d'argent. Les premières abeilles ont fait leur retour avec le chant des oiseaux.

Huyana danse toujours pour les nuages, accompagnée de Siabou et Ricardo qui l'imitent en rigolant. Notre communauté a retrouvé sa dignité, sa candeur, son humanité.

« L'espoir est le pilier du monde », me souffle Théo en reprenant un vieux proverbe africain. Je lui souris en caressant mon ventre arrondi.

Vers un monde meilleur

En ch'tites lettres[1]

Joseph a douze ans. Et la crise économique de 1929 bat son plein. Sa mère, Geneviève, a bien du mal à nourrir la famille. Il a faim, alors il descend à la cave voir s'il n'y aurait pas encore quelque chose à manger. Il est déjà allé voir hier, n'a rien trouvé mais il n'en peut plus, il a tellement faim qu'il en a le vertige. Et cette fois-ci, il voit une vieille conserve, des haricots. Il l'ouvre. La bonne odeur le fait chanceler. Il voit trouble, il a l'impression de s'envoler vers d'autres cieux.

Quand il ouvre les yeux, il croit rêver. Il ne voit que du vert autour de lui, le soleil brillant avec juste

1. Par le collectif de l'atelier créatif d'ATD Quart Monde Lille : David Cantrelle, Annick Dumont, Zora Hasbellaoui, Françoise Barbier, Martine Chandon, Martine Courmont, Marie Sedlak, Patricia Talon, Patrick Pollet, Christelle Vanhamme, Alexandre Jude, Stéphanie Fleury Chery, Sophie Pryen, Coraline Soulier.

un petit nuage blanc pour relever le bleu du ciel. Il entend peu à peu des voix. La peur lui saisit le corps mais il est trop étourdi pour s'enfuir. Des visages souriants se penchent sur lui.

« Ça va, t'iot ?

— Mais tu le connais, ti ? »

Il n'en croit pas ses yeux ni ses oreilles et se surprend à sourire bêtement.

« Ben tu vois qu'il nous entend !

— Comment qu'tu t'appelles ?

— Joseph, monsieur.

— Mais d'où qu'tu sors ? Ça fait vingt ans que j'ai pas entendu ch'mot, "Monsieur".

— Où ch'est qu'est t'mère ?

— Hein ?

— Ta mère ? Où qu'ch'est qu'elle est ? »

Joseph fait un signe du doigt vers le haut pour désigner la cuisine.

« Min pov'. Viens avec nous. »

Deux petites filles lui tendent la main pour l'aider à se remettre debout et l'entraînent avec le groupe. Joseph est un peu perdu.

« Vous allez me ramener chez moi ?

— Chez ti ? Mais ch'est où ?

— 14 rue Saint-Jacques à Angers.

— Angers ? Le lac d'Angers ? »

Joseph prend alors conscience que quelque chose cloche. Tout autour de lui, il ne voit que des champs, l'air sent bon, et de la ville un peu plus loin ne s'échappe aucune fumée. Les gens portent des vêtements étranges, reprisés et très colorés, qu'il n'a jamais vus.

Joseph a l'impression d'être dans une image.

« Mais je suis où ? Qui êtes-vous ?

— Moi, c'est Pierre. Ce semestre-ci, je suis le maire du village. Mais à la fin de l'année, c'est fini. Le 1er janvier 2058, ça tourne, tout le monde sera maire un jour.

— 2058 ?! »

Joseph ressent un frisson d'angoisse. Que fait-il en 2057 ? Où est sa famille ? Pourquoi ont-ils dit « le lac d'Angers » ?

Des larmes d'émotion coulent sur ses petites joues.

« Bon, qu'est-ch'qui t'arrive ?

— Je suis perdu, je comprends pas, je suis né en 1917 et je me retrouve ici. Ma maison a disparu, vous parlez du lac d'Angers…

— T'as rêvé min gars. Nous, on est à Meurchin. T'es jeune mais tu sais bien qu'il y a une vingtaine d'années tout a été emporté par la montée des eaux. Mais bon, t'inquiète-ti pas, on s'est réorganisés et c'est même mieux qu'avant. Mais t'es tout pâlot, on va d'abord eut' requinquer. »

Ils l'emmènent dans une grande salle.

« C'est la salle commune où on fait nos réunions de coopérative et surtout la fête, tous ensemble ! »

On lui sert une belle assiette de lentilles, décorée de fleurs.

« Mange à ta faim, gamin !

— Mais j'vais pas manger des fleurs.

— Ben si, ch'est aussi bon qu'ch'est beau. »

Joseph goûte et se régale.

« On dirait que t'as pas mangé depuis une semaine. On croirait mi, avant le grand bouleversement, quand j'n'avais rin dans min assiette tous les jours. Heureusement maintenant avec le revenu universel, chacun a de quoi vivre dans la dignité et même la joie. »

Joseph n'est pas sûr de tout comprendre mais il relève la tête et voit une grande affiche.

MINISTÈRE DE LA JOIE
Venez danser et chanter
Tous les samedis à la salle commune

Joseph vient d'avaler sa deuxième assiette.

« Merci, je me sens mieux. À qui je dois tout cela ?

— Au responsable solidarité. Cha auchi ch'est une belle invention. Dans cette communauté, y a toujours quelqu'un qui vérifie qu'on tend bien la main à qui en a besoin. Ce semestre-ci c'est Abou.

— Je peux vous poser une autre question ? Vous avez un accent, non ?

— Ben ch'est l'accent ch'ti, cha ch'est bien développé depuis qu'la télé existe pus, chacun i peut parler comme i veut, et personne te jugera : tous les dialectes et les accents ont la même valeur. »

Joseph est de plus en plus perdu mais il est rassuré par la chaleur humaine de ces gens. L'endroit où il se trouve est simple mais accueillant, amical, joyeux.

« Viens avec nous, on va te montrer où on habite », lui disent les deux petites filles.

Et elles l'entraînent de nouveau.

« Regarde, là-bas, ch'est notre école, disent-elles avec un grand sourire. On y va au moins jusqu'à dix-huit ans et on y apprend plein de choses, chacun à notre rythme et selon nos goûts : des choses pratiques, manuelles, artistiques, de l'histoire, des sciences… On sait que, comme cha, on pourra avancer dans la vie. Par exemple, pour le potager, on a des cours de permaculture.

— De permaculture ? s'étonne Joseph.

— On apprend quelles sont les plantes qui sont utiles les unes aux autres, comment cultiver légumes et fruits de la manière la plus naturelle et efficace. »

À côté de l'école, comme des autres maisons, Joseph a remarqué de grands cylindres colorés.

« Et ça, ça sert à quoi ?

— Ben, c'est des récupérateurs d'eau de pluie. Comme ça, on perd rin. On réutilise l'eau pour se laver, pour les potagers, pour le verger commun. Regarde, c'est la bonne saison, on va aller cueillir des fraises.

— Mais on peut se servir comme ça ? Il n'y a pas de magasins ?

— Oui, les cultures sont communes, solidaires, donc on peut en prendre. Il y a bien sûr des magasins coopératifs : on récupère, on recycle, on revend. Beaucoup d'artisans et quelques usines fabriquent aussi les produits les plus nécessaires : dentifrice, médicaments…

— Et regarde, à côté du grand bâtiment, il y a des éoliennes qui fournissent l'électricité, tout comme les panneaux solaires sur le toit, qui captent l'énergie du soleil. »

Joseph regarde avec étonnement ces grands moulins métalliques et les toits qui brillent étrangement. Il n'en croit pas ses yeux.

« Vous n'utilisez pas de charbon ? »

La plus grande des deux filles se met à rire.

« Du charbon, mais qu'est-qu'ch'est qu'cha ?

— Mais si, rappelle-toi, répond l'autre, les boules noires que la maîtresse nous a montrées, la fumée noire qui polluait beaucoup et les histoires qu'elle nous a racontées, avec des hommes qui descendaient sous la terre. Mais c'est fini depuis presque cent ans, ça !

— Cent ans ? Mais pour moi, c'est du présent ! »

Joseph a de nouveau le vertige. Son esprit peine à digérer toutes ces informations.

« Et c'est pareil partout ? bredouille-t-il.

— Ben oui ! Dans toute l'Europe ! On a fait une grande expédition scolaire en train de nuit jusqu'à Berlin, et là-bas aussi, ils se sont réorganisés. En plus petites communautés, pour mieux prendre les décisions ensemble, ils appellent ça des micro-quartiers, enfin je me rappelle plus exactement le mot en allemand. Mais même nous, à partir de douze ans, on a notre mot à dire dans les conseils.

— Et s'il y a des décisions à prendre à une plus grande échelle, nos délégués se réunissent avec l'IA.

— L'IA ?

— L'intelligence artificielle. C'est un programme informatique qui réfléchit plus vite et mieux que nous. À condition de bien le paramétrer. Quand elle a été créée, l'intelligence artificielle servait à faire plus d'argent, maintenant elle sert à faire plus de bonheur. C'est comme si trente personnes se mettaient ensemble pour résoudre un problème. »

Joseph n'est pas sûr de tout comprendre.

« Tout est si différent de ce que je connais.

— Viens, on t'emmène voir un truc super et on va vérifier si tu vas bien, t'es quand même pâlot. »

Joseph se laisse entraîner jusqu'à un bâtiment surmonté d'une grande croix rouge.

Une dame les accueille gentiment et installe Joseph dans une cabine. Un panneau lumineux se met à clignoter et les deux gamines applaudissent.

« Ça va, tu n'as rien de grave mais tu manques de vitamines. »

Joseph ne les entend pas, il s'est endormi.

Quand il se réveille, Joseph est dans sa cave, la boîte de haricots à la main. Il se sent étrangement bien et se promet de ne jamais oublier qu'une nouvelle vie est possible, qu'il faut aller de l'avant, faire évoluer les choses. Il a repris confiance en lui et dans l'avenir.

Des années plus tard, quand Joseph Wresinski se retrouve dans les bidonvilles de Noisy-le-Grand, il repense à cette société rencontrée en rêve quand il avait douze ans. Il ne l'a jamais oubliée. Alors, il prend la décision d'en discuter, de partager sa vision et de fonder ATD Quart Monde pour reconstruire la dignité et la joie de vivre, pour tout le monde.

À fleur de flots

PAR SALOMÉ DÉFAUT ET MATHILDE LACAVALERIE

« J'arrive, j'arrive, arrêtez de crier ! » maugréa la vieille femme à la chevelure blanche ramenée en un chignon parfait sur le haut de son crâne, tenu par une épingle en or.

Ses yeux gris, au regard dur et froid, se tournèrent vers la fenêtre de la chambre. Les murs blancs, aux moulures travaillées qui encadraient le châssis, avaient gondolé à cause du moisi et de l'humidité, quant aux vantaux, ils ne pouvaient plus se fermer correctement depuis longtemps.

L'ancienne s'appuya sur le rebord du lit en fer forgé blanc et tenta de se redresser. Chacun de ses mouvements semblait lui coûter une énergie colossale mais, lentement, elle réussit à se mettre sur ses jambes.

Pendant ce temps, une jeune fille élancée d'environ treize ans, à la peau noire et aux yeux tout aussi noirs, avait enjambé le rebord de la fenêtre avec agilité et s'était engouffrée à l'intérieur. Elle regarda la vieille dame avec un grand sourire.

« Y a qu'les singes qui crient, déclara-t-elle en s'approchant pour lui prendre le bras.

— Mais qu'est-ce que tu racontes, toi encore, répondit-elle sèchement en se dégageant d'un geste vif.

— Bah ! que personne n'a crié, la vieille ! Parce qu'il n'y a que les singes qui crient, répéta Viv solennellement. On parle, nous. Certains plus fort que d'autres mais…

— Oui, oui, c'est bon, j'ai compris, allez », la coupa-t-elle.

Viv enjamba de nouveau la fenêtre dans un mouvement souple et se tourna vers la vieille femme. Celle-ci la regarda, hésita et finit par lui tendre le bras à contrecœur, et Viv l'aida à passer de l'autre côté.

Un jeune blondinet à la chevelure ébouriffée, aussi pâle que Viv était sombre, se tenait fièrement sur une modeste embarcation, en exhibant un large sourire qui révélait deux incisives manquantes. Oliv, du haut de ses six ans, avait lui-même amarré l'esquif sur le pont flottant longeant ce qui fut jadis un immeuble cossu.

« À l'abordaaze, mouchaillonnes ! zézaya-t-il avec entrain alors que Viv l'avait déjà rejoint et que la vieille dame s'avançait vers eux à pas comptés.

— Ces galopins n'ont définitivement aucun respect pour la langue française », se lamenta-t-elle en levant les yeux au ciel, perdant l'équilibre et manquant de glisser entre les lattes du ponton mouillé.

Oliv, doté d'une force extraordinaire pour son âge et son gabarit, lui saisit l'avant-bras d'un geste décidé et l'aida à s'asseoir au fond du bateau sans qu'elle n'ait le temps d'émettre la moindre résistance. À cet endroit, les deux enfants avaient rassemblé divers oreillers, ventrières et traversins, collectés lors de leurs nombreuses explorations dans les habitations abandonnées de la ville à demi submergée. L'ensemble formait une assise large et moelleuse dans laquelle la vieille dame s'installait tous les après-midi depuis leur rencontre, quelques mois auparavant.

D'un mouvement assuré, Viv dénoua les cordages de la nacelle qui s'écarta légèrement du quai. Les deux enfants, parfaitement synchronisés, empoignèrent chacun une pagaie qu'ils enfoncèrent dans les profondeurs de l'eau, réalisant un parfait demi-tour. Oliv se mit à chantonner une comptine populaire de sa voix flûtée. Viv le suivit en sifflotant *mezza voce* un air joyeux sorti de son imagination. L'embarcation s'élança, laissant derrière elle de fines ondulations.

Des toits en ardoises accidentés et les étages supérieurs délabrés de vieux immeubles haussmanniens affleurant bordaient le long couloir d'eau. Les volets écaillés des fenêtres se balançaient au gré du vent. La vieille dame, affalée dans son fauteuil de fortune, regardait défiler ce qui restait des bâtiments engloutis. Perdue dans ses pensées, elle oublia sa mauvaise humeur et se souvint.

C'était en 2044, un an avant le Grand Étalement, elle se tenait là, à l'endroit même où son regard s'était posé, au bras de François-Xavier, son élégant et respectable mari. La rivière s'écoulait le long de son lit à quelques centaines de mètres en contrebas et les époux de Tournenville marchaient sur le trottoir bitumeux, se dirigeant vers un superbe immeuble en pierre de taille.

Comme chaque soir, la porte d'entrée s'ouvrait à leur arrivée, une douce odeur émanant de la cuisine, et Aïda les attendait dans le hall pour les débarrasser de leurs manteaux. « Vous n'allez pas pouvoir rester, Aïda, lui avait-elle dit ce soir-là, d'un ton incisif. Vous ne dupez personne avec vos robes larges, j'ai remarqué. » La gouvernante avait posé les mains sur son ventre rebondi et baissé la tête afin de cacher ses yeux humides. « Allez préparer vos bagages et quittez la maison », avait conclu Mme de Tournenville.

« Youhouuuuu ! »

Le cri de Viv sortit la vieille femme de sa rêverie. Les deux enfants avaient arrimé le bateau à une plateforme bordant l'ancienne église et en étaient sortis. Le toit pentu de l'édifice quasiment immergé servait à présent de toboggan géant où les enfants venaient souvent s'amuser.

« Allez, vas-y, fais un vœu, ferme les yeux et laisse-toi glisser doucement, cria Viv à Oliv depuis l'eau où elle venait d'atterrir. Quand tu arriveras en bas, il s'accomplira. »

Oliv hésita un peu, ferma les paupières et s'élança en criant.

La vieille, toujours assise dans le bateau, cacha son visage dans ses mains. Il n'y avait donc plus aucun respect pour rien ?! Ces gamins n'avaient décidément aucune notion de dignité, aucune notion d'humanité même ! Ces sales petits profanateurs !

À la fin de la journée, les deux enfants raccompagnèrent la vieille femme chez elle. Après l'avoir aidée à s'allonger dans son lit, Viv déposa sur sa table de chevet un bol de riz et un dahl de lentilles préparés par sa mère.

« À demain, passez une bonne soirée et faites de beaux rêves », lui souhaita-t-elle en enjambant le rebord de la fenêtre. Comme à l'accoutumée, la vieille resta muette.

Le lendemain matin, cette dernière fut réveillée par un clapotis familier qu'elle n'avait plus entendu depuis des années. C'était un bruit doux et relaxant, mais qui, ce matin-là, l'inquiéta beaucoup. La ville flottante n'avait encore jamais connu de pluie. Celle-ci fut fine d'abord mais, très vite, elle s'intensifia. Des trombes d'eau s'abattirent brusquement sur la toiture et un vent violent secoua l'immeuble entier. Qu'allait-il se passer ? Les fondations allaient-elles résister ? La vieille se leva et s'approcha péniblement de la fenêtre. De grosses gouttes dégoulinantes l'empêchaient de voir à plus de quelques centimètres devant elle. Elle fut soudain saisie d'une peur panique. Son immeuble ne subsisterait pas à un tel orage, il commençait déjà à prendre l'eau de toutes parts, menaçant de s'effondrer à tout moment. Elle sentit la fin venir. Elle ne voulait pas mourir. Les battements de son cœur s'accélérèrent, sa respiration devint saccadée, elle voyait de plus en plus flou.

Tout à coup, les deux vantaux de la fenêtre s'ouvrirent en grand, laissant entrer un puissant courant d'air qui propulsa la vieille dame en arrière. À moitié consciente, elle sentit des mains l'agripper et l'extraire de l'immeuble vacillant. Elle reconnut ses deux jeunes compagnons qui la déposèrent dans leur petite barque flanquée d'une bâche épaisse. L'équipage fila à toute vitesse sur les eaux agitées. La vieille recouvra quelque peu ses esprits et, se retournant, aperçut au loin l'immeuble qu'elle venait de quitter en train de s'écrouler.

Les enfants et la vieille accostèrent près d'un chêne intact au large tronc culminant à une vingtaine de mètres. La tempête se poursuivait. Après l'avoir fait sortir de la nacelle, Oliv et Viv installèrent la rescapée sur un siège en bois trempé suspendu à une épaisse corde qui pendait le long de l'arbre. Ensemble, ils tirèrent de toutes leurs forces et la hissèrent jusqu'à l'entrée de la cabane où ils vivaient. Ils grimpèrent ensuite non sans difficulté jusqu'à leur abri.

« Où étiez-vous ? J'étais morte d'inquiétude ! » s'écria une femme en étreignant les deux enfants lorsqu'ils pénétrèrent dans la baraque. Grande et svelte à la peau couleur d'ébène, elle arborait de longues nattes finement tressées.

« Désolée, Mam, s'excusa Viv. Mais on a vu que l'immeuble de la vieille allait tomber alors on est allés la chercher, fissa ! »

La jeune fille leva son menton en direction de Mme de Tournenville restée dans l'encablure de la porte.

Les deux femmes croisèrent leurs regards et restèrent figées un instant. La vieille repensa furtivement au ventre arrondi de sa bonne, treize ans plus tôt. La mère de Viv eut un air apeuré.

« Aïda… je suis vraiment navr…, entama la vieille femme d'une voix affaiblie.

— Installez-vous dans le fauteuil, madame, l'interrompit Aïda, tout signe de peur ayant disparu de son visage. Je vais faire du feu.

— Merci, répondit timidement la vieille. Appelez-moi Geneviève, je vous en prie. »

Les enfants aidèrent Geneviève à s'asseoir. La chevelure de la vieille, toujours impeccable, se trouvait dans un désordre épouvantable. Son allure, d'habitude si rigide et hautaine, semblait soudain fragile et modeste. Dehors, l'orage se dissipait. Aïda craqua une allumette qu'elle lança dans l'âtre recouvert de bois. Les flammes crépitèrent, réchauffant immédiatement l'atmosphère humide.

Se relevant, Aïda attrapa une sorte de tambourin posé sur la tablette de la cheminée et s'assit au bord d'un tabouret. Elle tapota l'instrument d'un rythme régulier et entonna un chant mélodieux d'une voix chaude et puissante. Enfin, la pluie avait cessé. Oliv saisit les mains de Viv et logea ses pieds nus sur ceux de la jeune fille. Les deux enfants se mirent à danser, tournoyant joyeusement.

À travers une petite lucarne, un rayon de lumière jaillit dans l'unique pièce de la cabane. Geneviève, au fond du fauteuil, ressentit une intense sensation de bien-être. Une larme coula le long de sa joue. Dans le même temps, elle souriait. Elle avait compris le sens du mot humanité.

C'était leur terre

PAR L'ATELIER NUMÉRIQUE D'ATD QUART MONDE REIMS[1]

Tout est allé si vite.

En 2024, un groupe de multimilliardaires finance en secret un comité de savants composé des meilleurs experts, issus d'un large éventail de domaines scientifiques et médicaux. Quatre ans plus tard, ce comité valide le prototype d'une capsule spatiale capable de fonctionner en apesanteur, à quelques dizaines de kilomètres de la Terre, et d'abriter plusieurs centaines d'individus, d'âge et de condition physique variables, durant six à huit mois. Le projet se développe dans la plus grande discrétion grâce aux équipes de chercheurs qui œuvrent jour et nuit pour donner vie à ce vaisseau d'ampleur et d'usage inédits. Une équipe spécifique est chargée d'en repousser les limites, afin de transformer

1. Émilie Izla, Raymonde Languet, Chantal Rios avec l'accompagnement de Soraya Brière, Nadège Caron, Michèle Coulon et Michelle Olivier.

la capsule en habitat permanent. Les financeurs parlent alors de révolution et d'un pouvoir surnaturel.

Neuf ans plus tard, alors que la première capsule est achevée, la fonte d'un large glacier au sud-ouest du Groenland provoque un effet boule de neige et entraîne la submersion d'une partie des terres canadiennes et la disparition totale de l'Islande. Du Royaume-Uni à la Finlande, les inondations sont catastrophiques et des millions de personnes périssent tragiquement. Le monde est en état de choc. Les ONG se mobilisent pour venir en aide aux populations, tandis qu'une vague de survivants européens choisit de fuir vers les pays de l'Est, loin des océans. Dans le cataclysme, la capsule est détruite et quelques membres du comité scientifique succombent avec elle. La construction des vaisseaux reprend malgré tout avec ardeur en s'implantant sur un nouveau territoire.

En 2042, un séisme de magnitude 8 fend le sol des États-Unis sur plusieurs centaines de kilomètres. Le chaos se répand une nouvelle fois. L'humain et son écosystème, les infrastructures, le monde animal et végétal… tout est bouleversé. Les premiers entrepôts de stockage des capsules disparaissent dans les flammes qui ravagent la moitié des États. L'océan Atlantique bascule sous l'effet du déplacement des plaques tectoniques et de gigantesques vagues, tels des monstres marins à la gueule grande ouverte, viennent s'écraser sur l'Europe. Des sous-marins, des poissons, des mammifères et toutes sortes de déchets sont éjectés des profondeurs et traversent l'atmosphère comme des fusées, pour retomber des kilomètres plus loin. Les pays du littoral sont engloutis. Après le raz-de-marée, des virus d'une nouvelle ère déciment une partie des survivants.

L'Europe de l'Est devient le théâtre d'affrontements dus à la surpopulation et à la panique qui s'est emparée des habitants. On accuse les réfugiés climatiques de semer la terreur et d'abîmer les terres préservées jusqu'alors. L'armée est répressive, les populations à la limite de sombrer dans la folie. Le décor de cette nouvelle Europe se dégrade de jour en jour : pillages, incendies, destruction de bâtiments publics, extinction progressive de la flore et de la faune. Ce qu'il reste du monde est désolant. Mis à l'abri aux quatre coins de la planète, le stock des capsules est cette fois-ci majoritairement sauvé dans les bunkers de milliardaires qui préparent leur exode, la vie sur Terre étant devenue insupportable.

C'est d'abord sa voix qui permet de reconnaître Geneviève, avant même de la voir. Cette voix aiguë et sonore, à l'accent chaud du Midi, qu'elle a gardée de l'enfance et qui lui fait parfois défaut. Pourtant, ce timbre métallique lui donne une sorte d'autorité lorsqu'elle s'adresse à vous. Autrefois blonde, sa chevelure abondante et soignée, attachée par un peigne en corne marron, est aujourd'hui d'un blanc argenté qui confirme son âge et nous raconte le chemin qu'elle a parcouru. Son front ample et ses yeux bleu-vert en amande qui s'étirent en pattes-d'oie adoucissent son regard. Son nez en trompette se relève quand elle entrouvre ses lèvres, pour donner à voir des dents du bonheur sans éclat. Geneviève est grande et corpulente, sa carrure en impose, comme son regard, mais ses mains fines et musclées possèdent une douceur incomparable qui redonne confiance aux gens dès qu'elle les touche. Elle n'est maquillée que de rouge : sur les lèvres, sur les pommettes et sur les ongles, c'est tout ce qui demeure de sa coquetterie passée. Pour le reste, Geneviève s'habille comme elle le peut, avec des jeans et des pulls épais récupérés dans des cargaisons abandonnées.

Mère de quatre enfants, et grand-mère de deux petits-enfants qu'elle aime énormément, Geneviève tait ses inquiétudes, afin de ne pas les alarmer. Avec eux, elle partage son savoir et la mémoire des jours heureux. La vieille femme n'est pas partie avec sa famille à bord des capsules qui emmenaient les plus privilégiés, elle a préféré rester ici, avec les plus pauvres, pour partager leur quotidien. Malgré ses origines sociales, elle connaît la force et la valeur du travail et n'a pu se résoudre à mener une existence oisive et protégée, quand d'autres allaient rester en bas à souffrir. Plus que tout, elle avait besoin de leur sourire, celui que les riches partis là-haut avaient perdu dans leur soif d'argent et de pouvoir.

Dans une région très dégradée mais encore debout de l'est de l'Europe, par petits groupes, Geneviève et ses voisins ont réussi au fil des années à concevoir des habitations, en assemblant des morceaux de tôles, de bois et de bâches trouvés dans les décombres. Ils ont aussi récupéré quelques meubles, de la vaisselle, ainsi que des vêtements épais pour se protéger du vent glacial et des pluies torrentielles. D'autres ont choisi de s'installer sous des tentes ou dans les maisons encore debout. Tous survivent grâce à des feux de bois alimentés en permanence dans des bidons de fortune, autour desquels ils se retrouvent, et grâce aux aliments qu'ils arrivent à se procurer. Afin de redonner un peu de dignité à leur quotidien, certains ont eu l'idée de fabriquer des chauffe-pieds artisanaux et de les offrir à leurs voisins, car chaque cadeau a une valeur inestimable dans ce contexte et renforce les liens. La solidarité et le partage les maintiennent debout et Geneviève, au sein de cette communauté hétéroclite, s'efforce d'organiser les différentes tâches entre les habitants. Les plus difficiles, et nécessaires, consistent à nourrir la terre pour la rendre de nouveau cultivable, et à soigner les membres du groupe qui en ont besoin. Pour cela, une école de transmission des savoirs et d'expérimentation a été créée, basée sur l'expérience de chacun. On apprend par la pratique, en assistant celui ou celle qui sait déjà. Les préparations médicinales, la construction d'abris, la culture du sol, les cueillettes, la pêche, le raccommodage… Mais aussi la lecture et le calcul.

Ce qui n'était d'abord qu'une quête de survie se transforme peu à peu en une renaissance, une opportunité de reconstruire un monde meilleur, débarrassé des excès de l'être humain. Le profit sans limites et sans respect de l'environnement : très peu pour eux ! Ils préfèrent avancer au rythme de la terre et de ses saisons fortement perturbées. De leur sagesse naît une compréhension profonde du monde. Les pauvres, les miséreux, comme disent ceux qui sont partis, pensent à présent avec consternation aux fous dans leurs capsules hermétiques qui ont fui après avoir tout détruit. Comme si l'homme pouvait vivre sans la nature… Dans ce contexte si peu propice à l'épanouissement, les rescapés reprennent pourtant vie. Les conditions matérielles s'améliorant peu à peu, la communauté réinstaure des rituels qui sont l'occasion de chanter et danser pour célébrer un mariage, une naissance, ou enterrer un proche dans la dignité. Vivre ensemble, soudés, et transmettre ce que l'on sait est précieux pour la survie du groupe. Avec le temps revient une joie qu'on pensait ne plus jamais ressentir.

Les capsules rondes et blanches rayées de bleu sont dotées d'une large porte s'ouvrant sans bruit et de vastes hublots. L'entrée est lumineuse et donne sur la salle de contrôle, remplie de gadgets, de sièges confortables et de mini-réfrigérateurs. Un peu plus loin s'étendent de vastes couloirs menant à des centaines de chambres, toutes semblables et meublées de lits douillets, d'un bureau équipé de fonctionnalités pratiques : recharge d'eau potable, éclairage, téléphones-écrans, écrans-vidéos, musique, et applications pour le choix des vêtements. Chaque chambre dispose également d'une salle de bain luxueuse avec jacuzzi ainsi que d'une cuisine pour consommer des aliments sous vide ou lyophilisés. Certaines capsules abritent des espaces de divertissement, une garderie pour enfants, une bibliothèque, ou encore un hôpital. Rien ne paraît manquer : médicaments, films, cosmétiques, lentilles de contact, jouets ; l'école est également assurée par une intelligence artificielle… Tout a été conçu pour offrir un cadre de vie agréable aux occupants de ces incroyables structures.

Grâce à l'installation de caméras longue portée, les habitants des capsules ont pu observer sur leurs écrans la destruction de la Terre, les millions de morts et de blessés, la maladie, la famine, les animaux en détresse, la nature en feu, les orphelins errants et le traumatisme de masse… Ils ont remercié et chéri leur destinée si favorable. Les premières années les ont rendus heureux, conscients de leur chance d'être si riches et de pouvoir profiter comme avant de leurs avantages. La course au profit leur avait bel et bien réussi.

Pourtant, un sentiment étrange s'est progressivement emparé d'eux et ne les a plus lâchés. C'est dans leurs rêves qu'ils ont commencé à souffrir, quand la sensation de leurs pieds nus dans l'herbe fraîche, de l'air et du soleil sur leur peau, s'est rappelée à eux. La Terre leur manquait. Ils ne se souvenaient plus du parfum des fleurs, du chant des oiseaux, et ont cru perdre la raison en réalisant qu'ils les avaient oubliés. Alors, depuis cette prison dorée qu'ils s'étaient eux-mêmes offerte, ils ont redoublé de travail, tourné leur regard et leurs projets plus loin, vers ce qui pourrait être un nouveau défi pour eux. Et la compétition a repris pour une existence toujours plus privilégiée. Vivre sur Mars, un jour ! En 2057, il était encore un peu tôt, mais d'ici quelques années, qui sait : cette nouvelle destination leur rendrait peut-être le sourire.

Car en bas, sur Terre, ils semblaient l'avoir vraiment retrouvé…

Quatre et demi

PAR JULIETTE LEFÈVRE, SARAH MARIE,
ÉLISE MÉDINA ET MARILOU RYTZ

On nous a dit qu'elles arriveraient entre dix heures et midi. Une femme et une enfant. On n'a pas de prénoms, pas d'âges ni de nationalités. Elles viennent de loin, Mélisse a expliqué une partie du chemin, elle a déjà préparé la chambre, vidé celle de sa mère, installé sous son lit les réserves. Elle a insisté pour qu'on se répartisse les caisses, m'a donné les bacs à légumes, j'ai cédé, je comprends l'idée. Mélisse a trouvé des matelas, construit des sommiers et une cloison, un peu de dignité.

De mon côté j'ai rangé le salon. J'ai essayé de monter tout ce que je pouvais, sur les tables basses j'ai enlevé les plantes filtrantes. Mélisse m'a aidée pour les trous au plafond, elle a visé juste pour ne percer aucun des systèmes de refroidissement.

Il n'y a plus que Geneviève sur le piano. Mélisse m'a proposé de la mettre dans ma chambre, elle a essayé, m'a suggéré encore une fois de m'en débarrasser. On n'arrivera pas à s'entendre là-dessus. Geneviève, c'était le cadeau de sa mère lors d'une première, je me rappelle encore la joie sur son visage quand elle était montée sur scène avec l'orchidée, on s'était prises dans les bras sous les applaudissements, ç'avait été la dernière fois.

Mamie fuit encore mon regard.
Je voudrais lui dire que je lui ai pardonné, mais ça ne se fait plus de parler de ce qui n'est pas immédiat. Alors on en reste au bonjour, tu as bien dormi, je vais porter le compost, bonne nuit.
Je lui en ai voulu. J'en ai voulu au monde entier. Elle a cru que parce qu'elle avait travaillé et ses ancêtres avant elle, toutes ces choses lui étaient dues. Le carrelage qui garde la fraîcheur quand le ciel est rouge, les murs qui gardent le silence quand le monde hurle. Elle croyait que parce qu'elle suivait les instructions, tout irait bien. Trier ses déchets, renoncer à la voiture. Souvent, elle soupirait. Pauvre humanité. On vit une drôle d'époque. Les gens sont fous. Qu'est-ce

qu'il fait chaud. Elle soupirait comme on se plaint à un guichet de poste.
Mamie était danseuse. Elle croyait en la beauté des choses, alors elle la cherchait dans chacun de ses gestes. Elle croyait que le monde allait mal parce que les gens étaient méchants, et que si les gens dansaient, tout irait mieux.
Alors je lui expliquais que danser, c'était le privilège des riches, et qu'elle pouvait danser tant qu'elle voudrait et faire danser d'autres bourges dans ses cours, le monde n'allait pas s'arrêter de brûler pour la regarder bouger les bras. Ma génération, on n'a pas d'autre choix que d'avoir la vérité à la bouche, partout, tout le temps.
C'est étrange de revenir ici après toutes ces années, je ne sais plus si c'est encore chez moi. J'ai très tôt choisi mon camp, celui de la vérité. J'étais dans le groupe de rebelles d'une autre ville : je ne voulais pas que les sabotages, les graffs, le verre brisé, les ouvertures de squats, les explosifs, tombent sur le chemin de Mamie quand elle allait au marché.
Elle n'est pas venue me voir en prison, et je ne lui ai jamais demandé si c'est parce qu'elle n'a pas retrouvé ma trace ou parce qu'elle n'a pas voulu.
Mais les choses ont changé. On est dans le même camp, maintenant. Les informations

officielles ne lui disent plus de trier ses déchets. Elles lui disent de planter des fèves dans son jardin et que l'ancienne chambre de Maman est réquisitionnée pour accueillir des réfugiés climatiques.
En bonne Suisse, elle a tout bien obéi, à un détail près : elle a gardé son orchidée, qui pourtant utilise de l'eau juste pour faire joli.

Elles arrivent à pied, je pensais au moins qu'on les pousserait jusqu'ici, c'est au bout du chemin, au bout de la route, au bout de la ville. Mélisse se presse pour les accueillir, il fait bien chaud, on a préparé de l'eau aromatisée, un mélange de plantes pour qu'elles puissent se réhydrater rapidement. Efficacement aussi, on n'a pas encore la confirmation de l'augmentation, avec de nouvelles arrivées dans le foyer, quatre litres et demi par personne, Mélisse a fait les premières démarches, il reste des trucs à signer. D'ici là il faudra compter. Mélisse remplit des bouteilles depuis plusieurs jours, me demande de rationner les plantes et de ne plus panosser.

Maman du ciel avait promis, on sera bien ici,
il fait vert, et frais, il pleut

et les gens sont gentils.
Maman du ciel avait menti.
D'abord, le « on » de quand c'était elle et moi, ce « on »-là il existe pas. Maman du ciel est restée avec le sable et les cailloux et « on » maintenant, c'est Sarita, son ventre gros et moi. Sarita, son ventre gros et moi dans le sable où c'est qu'il faisait chaud chaud, sur la mer qui est pleine d'eau qu'on peut même pas boire
et dans la montagne qui fait les pieds durs
et les genoux cassés.
Maman du ciel elle a menti aussi parce que c'est pas si frais, le Ici. C'est moins chaud que le sable et les cailloux, mais c'est pas frais frais non plus, le frais c'était sur la montagne, même que y en avait trop, avec les mains qui tremblent et le nez plein de sel qui coule
dans la bouche et ça gratte la gorge.
Maman du ciel elle a pas menti pour le vert, même si y a beaucoup de blanc aussi, dans le Ici. Alors moi, j'ai mis du vert, plein de vert, du vert partout sur les murs blancs et Madame Mami elle a pas aimé du tout du tout.
Madame Mami, elle aime pas plein de trucs et elle crie fort fort dans sa langue pleine de sons qui chantent pas. Elle crie fort fort quand je fais la magie de l'eau qui vient juste avec le levier.
Elle crie fort fort quand je mets une fleur de Geneviève dans les cheveux de Sarita pour que

quand son ventre sera plat,
elle m'oublie pas.
Ça fait la pluie dans les yeux,
les cris de Madame Mami.

Émincer les oignons et puis tout ira bien. Si je peux leur montrer que je suis utile, alors le reste coulera : faire comprendre qui je suis et d'où je viens, sans mots ni images pour justifier mon arrivée parasite ou tenter d'expliquer ce qui ne peut être compris quand on n'a rien eu à abandonner ; prendre le pli, raser les murs, ravaler ma fierté, ma colère, croiser les mains et m'incliner, merci pour le toit sur la tête, le thé glacé, le linge pas à ma taille ; m'habituer au silence ; m'habituer à l'opulence et à l'insatisfaction qui ne semble jamais quitter les gens d'ici ; m'habituer aux sourires de bienvenue et aux yeux qui crient le contraire ; m'habituer à l'absence de ceux que je me suis promis d'oublier ; me faire à mon cœur pincé quand vient l'heure de tirer l'eau et que je les entends soupirer, ravaler ma bile, m'incliner face à ce miracle décevant, le robinet qui n'autorise que quelques litres ; et puis dompter mon corps, non je ne serai pas malade, peu importe la poussière, la grêle, les kilomètres avalés, je tiendrai bon – pour nous.

Sarita est enceinte. Très enceinte. Mon regard a croisé celui de Mamie.
Elle n'a rien dit.

Je n'avais jamais vu de femme enceinte en vrai. Il y a longtemps qu'on a arrêté de faire des enfants, ici. Avant la Révolution, nous autres de la classe moyenne, on était trop peu exploités, mais trop peu exploiteurs pour comprendre ce qui se tramait, alors on s'est contentés d'acter la fin du monde. Et on ne donne pas la vie quand on attend la mort. Toutes ces années, j'ai cru me battre pour les femmes comme elle, les survivantes des brasiers. Je me trompais. Le vrai combat, c'est elle qui l'a mené. En la voyant aujourd'hui, je me dis que nous, on crachait juste notre révolte parce qu'il n'y avait rien d'autre à faire, mais que quoi qu'on fasse elle aurait traversé les mers et les montagnes, elle serait arrivée, et les soldats et les flics auraient baissé leurs armes pour laisser passer la vie.

J'essaie de lui sourire, j'ai peur d'avoir l'air condescendante, qu'elle se sente obligée de sourire en retour, je voudrais lui faire comprendre qu'elle peut pleurer ce qu'elle a souffert. Je me sens maladroite, je fais tomber tout ce qui me passe dans les mains depuis qu'elle est là.

Et il n'y a rien ici pour Yaya, pas de jouets, pas d'albums, pas de crayons de couleur, juste un vieux stylo vert dans un tiroir. Mamie s'énerve, elle hausse la voix, les larmes coulent. Je tente des mots rassurants : je ne sais vraiment pas comment ça marche, les enfants.

Tu avais raison, Maman du ciel.
Dans le Ici, il y a la pluie, et c'est bien la pluie, même dans les yeux. Parce que la pluie dans mes yeux, elle donne la voix de Mélisse, la feuille de Madame Mami qui goûte le sucre et sa main dans mes cheveux. La pluie dans mes yeux, elle fait chanter Sarita, et sa voix, elle fait penser à toi. Est-ce que c'est toi, depuis ton ciel, qui fais la pluie en moi ?

Lentilles dans la casserole pour faire barrage. *Nini baba nini*, je chante en hachant les herbes. De la coriandre ; ils en ont encore, ici.
De mon errance et de ma vie passée, je ne garderai rien. Je m'y suis engagée en quittant le pays : semer parmi les pierres les souvenirs trop lourds et compter sur le temps pour faire bouillir la marmite. L'eau frémit, j'y jette les *masoor dal. Mackhan roti cheene.*
Tu verras, mon fils. Ton arrivée signera le début d'une nouvelle existence.
Yaya attrape le bol que je lui ai confié. Touiller, touiller, touiller, sous le regard attentif de celle que moi je peine encore à regarder en face – question de respect, peut-être, de honte, sûrement. Au milieu du mélange curcuma, cumin, *garam masala*, gingembre,

je distingue de gros zestes de pitié que la vieille a laissés tomber. L'air de juger : quinze ans, c'est trop jeune pour quitter sa terre avec un petit être au bout du ventre. *Mackhan roti hoa gia.* Je pense : cent ans, c'est trop vieux pour accueillir des inconnues qu'on n'a jamais demandé à avoir chez soi.

Moi j'aide beaucoup pour la cuisine,
mais pas pour couper, j'ai pas le droit
à cause des trop petits doigts.

Tu pèses un peu sur ma poitrine, mais préparer le *tadka*, encore. Je veux mes mains occupées et Yaya aussi, qui est trop jeune pour deviner que sa présence est une charge supplémentaire. Pourtant, il lui faudra rendre des comptes tôt ou tard ; pour nous autres, le droit d'être en vie réclame justification, car un parent préférera toujours nourrir son enfant plutôt qu'un réfugié. *Soja Baba Soja.* Si j'apprends à Yaya à bien se comporter, ça ira.

L'herbe à côté elle a le goût
comme le savon, j'aime pas.

Sarita a demandé à cuisiner. Au regard
de Mélisse je ne me suis pas interposée,

c'est important pour elle, une manière de remercier, d'accord, mais attention à l'eau, aux épices et au reste. J'ai dit oui si elle surveille Yaya, les murs en couleurs, ça va, on nettoiera, mais pas Geneviève. Mélisse a eu le regard accusateur, d'accord ça sert à rien de crier.

Dans la cuisine, Sarita me montre la casserole. Je lui tends la carafe d'eau filtrée. Elle me sourit.
Yaya et Mamie ont fait la paix. C'est étrange le silence. Ma tête bourdonne encore des émeutes, des explosions, de ma voisine de cellule qui ronfle et de celle qui frappe aux murs. Le silence me ramène aux camarades que j'ai perdus et au vide en moi là où il y aurait dû y avoir des larmes. Ça ne s'enlève pas comme ça, les barricades autour du cœur. De toute façon, je n'ai pas le droit de pleurer alors que Sarita sourit.

Ça fait du bien de se poser, j'ai fait une place à Geneviève sur ma table de nuit, pris un temps la porte fermée. Je m'installe sur les escaliers, je peux tout regarder, elles ont sorti les couteaux et les planches de bois, Mélisse a l'air maladroite pour une fois.

Je le fais pour toi, c'est pour toi que je me lève de ma chaise avec difficulté, toi que j'imagine dans les traits de Yaya, et je le fais sans gémir, tu sais, même si mes pieds sont une brûlure à vif, je serre les dents par amour et un peu par orgueil aussi, parce que notre douleur, *ladoo*, elle n'appartient qu'à nous, et c'est finalement si peu à côté des grands yeux de Yaya qui m'embrassent moi, puis les deux autres, si peu quand mon index pointe vers la poêle et que je n'ai plus besoin de mots, hochement de tête et les épices qui dorent.

Sarita chante dans sa langue. La berceuse coule comme de l'eau claire dans le lit asséché du silence. J'essaie de saisir des mots, c'est à nous d'apprendre sa langue, pas l'inverse.

Y a plein de couleur et c'est wow !

Je crois que je m'endors un peu, c'est Yaya qui me réveille, Sarita s'est mise à chanter, un chant que Yaya reprend à moitié avec sa voix assurée au début des vers, un peu moins sur la fin, Sarita sourit.

Yaya s'accroche à ma jambe et plonge son nez dans le tissu. Je passe ma main dans ses cheveux. Alors ça marche comme ça les enfants. Il suffit d'exister, et de les laisser vous aimer. J'ai les yeux qui piquent d'un coup, ça doit être les oignons dans la poêle.

C'est vrai qu'il fait vert, et frais un peu,
c'est vrai la pluie
et que les gens sont gentils.
Tu avais raison, Maman du ciel,
on est bien ici.

Depuis les escaliers, mon corps dans un léger balancé et les mains accordées à sa voix, à nouveau c'est Yaya qui me le fait remarquer, ses mains attrapent les miennes et on se met à danser ensemble.

Mera baba soja. La maison balance doucement au souffle de nos voix.

Messnana

PAR MARYLINE ELAMILE

Quand elle tira sur la gousse, une résistance inhabituelle la fit sursauter. Un doigt ! Geneviève recula aussitôt sa main et elle devina, en face d'elle, derrière son plant de haricots, un corps humain accroupi, comme elle, reproduisant à l'identique ses mouvements de surprise. Elle ne rêvait pas : la forme humaine riait. La jeune femme dut remonter loin dans ses souvenirs pour se réapproprier ce son si familier, si humain. Son rire à elle restait coincé. Il fallait d'abord ôter la poussière, comme si ses cordes vocales ne savaient plus comment faire. Et puis, il franchit ses lèvres et finit sa course en beauté : des éclats de rire résonnèrent en échos dans la vallée, étonnée à son tour.

« C'est à toi ?

— Oui et non. »

Elle dut ajuster le timbre de sa propre voix. Ces dernières années, ses paroles naviguaient dans ses pensées, solitaires, privées de son, s'adressant à elle seule. Maintenant que les mots de Geneviève avaient retrouvé la porte de sortie : c'était la cohue ! Un torrent de paroles difficilement maîtrisable.

Elle était fière de son petit potager. Au départ, il n'y avait que des carottes et du persil perdus dans la jungle de mauvaises herbes. Les haricots n'avaient été ajoutés que par la suite.

« La terre est à tout le monde. Tu peux te servir. Tu as faim, non ? »

Un nouvel éclat de rire conclut l'échange et la silhouette du jeune homme s'évapora. Geneviève se contenta d'avancer, avec amertume, vers la lisière de la forêt qui avait avalé son nouvel ami, parti sans rien emporter. Son rire résonnait encore et la jeune femme aurait voulu le garder, l'enfermer précieusement dans son modeste abri pour pouvoir l'écouter à nouveau les jours sans joie.

Geneviève n'avait pas vraiment faim, ni soif, ni froid : elle survivait. Cependant, la rencontre avec cet inconnu lui avait rappelé que l'ennui, la solitude et l'aigreur rongeaient son quotidien. Une odeur l'alerta. Elle ferma les yeux : un parfum subtil d'épices. Quand elle les ouvrit, il était planté devant elle et lui tendait un plat de lentilles. Comment était-ce possible ? Curry, curcuma, cumin, elles étaient délicieusement assaisonnées. Son visiteur déversa alors un tsunami de mots :

« Tu sais ce qu'on s'est dit quand on est arrivés en France ? “Ils sont comme nous. Ils font comme nous !” Tu imagines même pas ! On s'était représenté ce pays comme le paradis : des belles maisons, des gens bien habillés, souriants, avec la baguette sous le bras. Et on est tombés sur des gens en haillons, aussi apeurés que nous, à pied, qui traînaient des enfants, des animaux, des valises, des charrettes et des brouettes remplies d'affaires.

— C'était en mars 2055 ?

— Exactement ! Ils nous ont dit qu'il y avait bien assez de gens comme ça à reloger et qu'il n'y avait certainement pas de places pour les gens comme nous… »

Ce n'étaient pourtant pas les villages déserts qui manquaient. Comment oublier la grande panne de 2055, l'exode forcé des grandes villes et surtout son entrée au village.

C'était un jour de pluie. Par miracle, un des derniers bus avec de l'essence avait pu transporter son quartier. La route était bloquée par des inondations et ils furent forcés de terminer le trajet à pied. Il restait à peine deux kilomètres, mais les bagages étaient volumineux et les nombreux parapluies s'entrechoquaient régulièrement. Une certaine pression latente commençait à peser sur l'ambiance assez courtoise. Sans argent, comment décider quelle famille occuperait telle maison plutôt qu'une autre ? Les habitations avaient certes été abandonnées depuis un bon moment, mais elles ne se valaient pas toutes. Il y avait notamment quelques luxueuses villas sur les hauteurs du village qui risquaient d'attirer toutes les convoitises des nouveaux arrivants, habitués aux privilèges. Ainsi, à l'approche des anciens remparts, ses compagnons de voyage pressèrent le pas imperceptiblement. La vitesse du groupe augmenta, les conversations se firent plus rares. Discrètement, certains abandonnèrent leurs biens derrière un arbre ou un buisson pour rejoindre l'avant du groupe, si bien que petit à petit, les valises, les parapluies, les sacs à main et même des escarpins jonchèrent la route. Aux portes de la ville, plus personne ne parlait et les plus âgés traînaient loin derrière. Ne restait plus en tête qu'une majorité d'hommes et quelques femmes qui se mirent à courir pour de bon, se poussant les uns les autres dans les allées étroites, cognant et piétinant pour arriver les premiers. Chacun força ensuite les portes d'entrée et s'enferma solidement.

Sous la pluie battante, Geneviève avait assisté, impuissante, au sinistre spectacle qui avait laissé derrière lui une dizaine de corps piétinés. La survie n'aurait pas ce goût-là pour elle. La jeune femme savait que cette course était vaine : les trésors étaient dans la terre, pas dans la pierre. Elle fit demi-tour et prit une décision ferme et définitive. Vivre digne, c'est parfois fuir.

Pour Moussa, l'inconnu trouvé dans son jardin, fuir, c'était avant tout survivre. Fuir l'Afrique et ses guerres, puis la police. Courir mais pas trop vite pour éviter de faire du bruit. Effacer ses traces. Ne pas plier les herbes, ne jamais laisser d'indices de sa présence. Vivre traqué comme un animal.

D'abord hautaine, cruelle et glaciale, la forêt de Messnana, sans doute apitoyée par le sort de ces jeunes, avait fini par leur susurrer ses secrets les plus précieux, par courber légèrement ses arbres et présenter timidement ses fruits. Une complice leur offrant de précieuses clairières ensoleillées où ruisselaient de discrets cours d'eau. Elle les caressait la nuit de ses branches basses où ils dormaient à l'abri. Son chant nocturne les rassurait comme seule une mère bienveillante pouvait le faire.

« Un jour, on a réussi à franchir les barbelés. On était des milliers. On était liés par l'expérience de la forêt, on était devenus des frères invincibles : si l'un d'entre nous tombait, on le relevait, on le portait. »

Un moineau picorait timidement des graines près du potager.

« J'ai toujours rêvé d'être un oiseau. La vie aurait tellement été plus… Je veux voir ton village. Tu n'y es pas retournée ?

— Ce n'est pas mon village. Je n'y suis pas allée depuis notre arrivée en 2055, ça fait deux ans maintenant. »

Mais retourner là-bas avec Moussa, c'était différent : il lui donnait la force qu'elle n'avait plus.

Un silence oppressant et une sensation de vide et de mort saisirent les deux jeunes quand ils pénétrèrent dans le village. Les volets étaient tous clos, les portes d'entrée barricadées. Les rares villageois qu'ils croisaient furtivement étaient très maigres et semblaient apeurés. Une dame voulut faire entrer

Geneviève mais quand elle aperçut Moussa, elle se ravisa aussitôt. Ainsi, sur le seuil de la porte, elle leur chuchota que la vie au village était très dure, qu'ils avaient tous très peu à manger et que tout le monde avait peur de se faire voler sa maison ou ses légumes. Sur ces mots, elle s'enferma de nouveau. Geneviève pressa la main de Moussa. À la lisière de la forêt, il lâcha enfin :

« Ils ont tort. Pour survivre, il faut rester ensemble. »

Ils s'enfoncèrent dans cette forêt, la familière et distante voisine sylvestre de Geneviève. Elle ressemblait à une étrangère qu'on lui présentait enfin. Après quelques heures de marche, le ciel bleu perça un peu plus à travers les cimes des arbres. Moussa lui fit signe de s'asseoir sur une pierre recouverte de mousse et écarta les branches comme s'il s'agissait des rideaux d'une scène de théâtre. Derrière, se cachait un village prospère et joyeux ! Des maisons en pisé, des rires et même des gens qui dansaient ! Ils étaient des centaines à vivre paisiblement, juste à côté de son triste potager solitaire.

« Tu me fais penser à Asmae, elle n'était pas comme les autres, elle discutait avec moi quand je faisais la manche en ville, dans mon pays, et elle m'apportait à manger. Son fils de vingt ans était clandestin en France, alors elle faisait pour moi ce qu'elle aurait voulu qu'on fasse pour lui, là-bas. Quand je lui ai annoncé que j'allais essayer de passer de l'autre côté, elle m'a prévenu que je risquais d'attendre longtemps dans la forêt avant de pouvoir franchir les murs de l'Europe. Tu sais ce qu'elle m'a dit d'autre ? "Si tu dois partir, que tu n'as pas de sac, alors mets des graines dans ta poche." J'ai survécu dans cette forêt grâce aux potagers disséminés au hasard de nos cachettes. On trouvait alors, comme des cadeaux, des tomates, des concombres, des framboises dans les clairières. On plantait pour les autres. On se déplaçait tout le temps dans la forêt de Messnana. Alors ici, on a refait pareil.

Tu sais ce que ça veut dire, Messnana ? En arabe, ça signifie, "dentelé", comme le relief de cette forêt du bout de l'Afrique, comme notre vie. Tu vois, depuis deux ans, aucun endroit sur terre n'a d'électricité, toutes les usines sont à l'arrêt, on ne peut plus se déplacer autrement qu'à pied : pour certains, c'est une épreuve terrible, ils sont dans le creux, pour d'autres, pour nous, on est au sommet et c'est une des plus belles vies qui soient ! On a retrouvé la dignité que l'on cherchait depuis longtemps et, surtout, on la partage. »

Geneviève ne pouvait détourner le regard de ce village grouillant de vie et de joie. Elle refusa à cet instant que la peur dicte la suite de l'histoire. Le mot « partage », comme la dernière pièce d'un puzzle, lui souffla le reste.

Le lendemain, les deux jeunes gens apportèrent des lentilles au village. À l'odeur, les fenêtres et les portes s'ouvrirent, aux couleurs, les gens en oublièrent de surveiller leurs maisons et leurs affaires. Plus rien d'autre ne comptait que ce plat : suivre ces subtiles épices, mais aussi écouter le bruit des pas des autres, la saveur d'un rire partagé, la légèreté d'une danse improvisée. On ne se quitterait plus et on partagerait ensemble les couleurs du village de tout le monde.

Comment on fait

PAR BLANZAT

Oublie l'équilibre équitable,
Pour que les uns soient libres,
Faut que les autres soient stables

« Équilibre »,
Oxmo PUCCINO

Quand il passe la porte de la Maison Commune, une ride soucieuse s'accroche encore à son front. L'homme cherche en vain un comptoir d'accueil, quelqu'un avec un badge ou un T-shirt floqué comme dans les magasins autrefois. Il doit se résigner à intercepter l'une des nombreuses personnes qui arpentent le hall.

« Bonjour, je viens pour le stage… non, attendez, comment ils appellent ça ? L'atelier d'adaptation.

— Bienvenue, une séance a commencé il y a cinq minutes dans la salle Geneviève, c'est en haut de l'escalier, derrière vous.

— Bah oui, je suis en retard, lâche-t-il. Sans GPS, comment on fait ?

— On demande aux gens ? »

L'individu essaie de sourire.

« Il paraît que c'est comme ça que faisait mon grand-père quand il était jeune. Il était coursier à vélo, pour payer ses études. Désolé, mais je ne sais pas faire ça, moi. »

Son interlocutrice acquiesce en silence, avant de répondre.

« J'anime le prochain atelier, en début d'après-midi, je peux vous y inscrire, si vous voulez ?

— J'habite un peu loin, au foyer de l'ancien centre commercial. On se relaie avec mon épouse pour garder notre place. Il paraît que de nouveaux réfugiés arrivent ce soir. Vous savez, les incendies du Vexin.

— Oui, c'est terrible. Nous avons une ligne directe avec le foyer, je peux leur demander de prévenir votre femme que vous serez de retour en fin d'après-midi ? »

L'homme hésite. La ride s'est effacée, laissant place à un visage fatigué. Une petite entaille encore fraîche griffe le haut de son crâne dégarni. Ce qui lui reste de cheveux est blanc. Ses vêtements semblent propres, chemise écrue, pantalon de toile et mocassins en vrai cuir. Ces derniers sont usés, pas vraiment adaptés pour une traversée de la ville et de sa proche banlieue. Il porte sa veste sur son avant-bras, rabattant de temps en temps une manche pour masquer une déchirure sur le côté.

« J'ai d'autres rendez-vous, commence-t-il, un peu gêné. Et puis, je ne veux pas la laisser seule aussi longtemps.

— Vous auriez pu venir tous les deux.

— Impossible, on pourrait se faire voler nos places !

— Vous savez que vous ne pouvez pas privatiser ce que le foyer met à votre disposition...

— Allez dire ça aux autres ! On a tout perdu dans les inondations : la maison, la voiture, le camping-car. Quand on a voulu aller dans notre résidence secondaire, elle avait été réquisitionnée pour les déplacés du Sud. Nous n'avons plus rien ! Toute une vie de travail, l'héritage de nos familles, tout s'est envolé. On a quand même notre dignité ! Tel que vous me voyez, mademoiselle, j'étais cadre chez Odys, ma femme n'avait pas besoin de travailler, le prêt immobilier était remboursé, les études des enfants payées. Et on a tout perdu en une nuit.

— Malheureusement, vous n'êtes pas les seuls...

— Je ne veux pas vous froisser, mademoiselle, mais le malheur des autres, vous savez, ne soulage pas le mien. Par contre, ce que je vois, c'est que tout le monde n'est pas perdant... »

Il prononce ces derniers mots en donnant un coup de menton à la ronde. Les personnes qui fréquentent les lieux sont de tous âges et de tous horizons. Certains discutent, d'autres sont occupés à des travaux de rénovation. L'ambiance est détendue. L'homme les considère un instant, comme s'il venait de surprendre des souris dans l'arrière-cuisine.

« C'est le bal des oisifs, ici, dit-il avec sarcasme.

— Nous accueillons tout le monde, dit-elle sans entrer dans son jeu. Le principe est de faciliter l'entraide, les échanges, le partage.

— Mouais, tout ça doit coûter bonbon…

— Il n'y a aucun salarié, nous sommes tous bénévoles, et percevons la même allocation de base que vous et votre épouse.

— Ah voilà ! Vous êtes contents ? Vous avez viré ceux qui gouvernaient, vous êtes aux manettes, maintenant, vous décidez sur quel pied danser. Tous au même niveau. En 2057, c'est le régime sec !

— L'autogestion permet à chacun de participer aux décisions, répond la jeune femme, ça peut vous sembler naïf, mais ce n'est pas plus compliqué. Et puis la sobriété n'est pas synonyme d'austérité. Vous voyez les jeunes gens dans le patio ? Ils vivaient dans une cité HLM, la première à avoir été privée d'électricité quand la centrale Odys a dû se mettre à l'arrêt. Vous étiez un de leurs employés, vous devez connaître l'histoire.

— Les cours d'eau à sec, je m'en souviens bien, dit-il à contrecœur. La nappe phréatique vide, la sécheresse… Ah ! ils jubilaient, les anti-bassines, à l'époque !

— L'un de ces jeunes a perdu sa grand-mère cette année-là, à cause de la canicule et des coupures de courant. Il s'est organisé avec d'autres habitants pour que son quartier devienne autonome. Ensemble, ils ont monté une ressourcerie, bricolé des fours solaires, des panneaux photovoltaïques, des récupérateurs de pluie. En quelques semaines, ils ont réussi à faire pousser des fruits, des légumes, des lentilles, et même un champ de sorgho.

» Un autre a créé la toute première ferme à insectes de la région. Avant la coupure, les menus quotidiens de ces gens étaient maigres. En s'organisant, ils ont enrichi leur vie. Ils mangent mieux, il y a moins de problèmes de santé, et donc moins de besoins médicaux ou paramédicaux. Ils soutiennent les plus âgés et les plus fragiles. Vous voyez, ce n'est pas la misère.

— Je ne peux pas croire que le monde va être sauvé par des bricolos. J'étais ingénieur, moi, j'avais des compétences pour relancer la machine. Tout ce savoir est perdu, maintenant !

— Au contraire ! Nous avons des ingénieurs qui font des initiations à la low-tech. Ça va de pair avec le réemploi, l'autonomie… »

L'homme balaie ces paroles, en tournant les talons.

« Je veux bien faire un effort, mais on ne m'ôtera pas de l'idée que l'humanité court à sa perte. »

Il remonte la rue à grandes enjambées, marmonnant son mécontentement. Il pense à ses enfants. Son fils était promis à une grande carrière dans l'industrie nucléaire et doit désormais se reconvertir en paysan urbain pour nourrir sa famille, lui qui n'a jamais touché une pelle de sa vie. Et sa fille qui termine ses études de droit aux États-Unis pour se spécialiser dans la finance. Les Grandes Faillites ont réduit tout ça à néant. Quel gâchis.

Six mois auparavant, lui et sa femme vivaient encore chez eux, dans les hauteurs. Il hésitait à faire valoir ses droits à la retraite, une ou deux années de plus auraient payé la fin du crédit pour le bateau. Ils avaient les téléphones, internet, la domotique, l'assistance numérique, pour les mails, la paperasse, les courses, les réservations de vacances, les démarches de santé, l'assainissement de l'air intérieur, le suivi éducatif des enfants, tout était facile. D'autres se débrouillaient bien sans tous ces outils, faute de moyens, mais il y avait ceux qui vivaient dans les hauteurs, comme lui, et les autres, qui s'entassaient dans la cuvette du centre-ville.

L'ancien d'Odys n'avait jamais envisagé qu'il aurait un jour à vivre la Pénurie. Ou « la Résilience » comme disaient ceux qui animaient les ateliers d'adaptation. C'était bien commode de faire passer une catastrophe pour une opportunité. Faire comme si c'était une chance de vivre mieux. Lui, vivait sa meilleure vie, quand le système s'est effondré. La guerre de trop, la tempête de trop, le virus de trop, il ne savait plus exactement ce qui avait tout fait basculer, mais il n'y était pour rien, bon sang !

À mesure qu'il poursuit son monologue intérieur, l'homme s'échauffe et presse le pas, lançant des regards noirs à tous les passants. Un raclement dans sa foulée l'oblige à s'arrêter. La semelle d'un des mocassins s'est décollée, et pend comme une langue de vieux chien malade. Il n'a plus les moyens de s'en acheter une nouvelle paire, les boutiques d'articles neufs sont désormais hors de portée. Même la seconde main commence à coûter cher. C'est une nouvelle blessure de devoir à présent compter ses sous, pour des chaussures.

Las de tous ses déboires, il s'assied sur le perron d'une boutique abandonnée, entre deux antiques pics anti-sdf, face au port. Son mocassin est devenu sa seule contemplation. Il le tourne dans tous les sens, l'examine sous toutes les coutures. Une bonne colle devrait faire l'affaire, et un ressemelage prolongerait la durée de vie de son unique mode de transport actuel. Il a repéré un atelier de cordonnerie sur la liste des activités menées à la Maison Commune.

« Pas de chance… », lance une voix au-dessus de lui.

En relevant la tête, son regard croise alors celui d'un jeune homme à vélo, un pied-à-terre, les bras tendus sur le guidon. Il reconnaît celui qui a mené les opérations d'autonomie dans sa cité. De près, on se rend compte qu'il n'est plus si jeune. Il sourit mais les épreuves ont marqué ses traits, blanchi ses tempes.

« Vous ne vous rappelez pas de moi, hein ? dit-il. J'ai fait un stage chez Odys juste avant les coupures. J'étais dans l'équipe de techniciens que vous encadriez. Vous aviez un poster de voilier dans votre bureau.

— Mon voilier, effectivement, répond l'homme dans un soupir. Disparu avec tout le reste… Désolé, je n'ai aucun souvenir de vous.

— Normal, vous disiez qu'on se ressemblait tous. »

Un malaise s'installe entre eux. Mais le jeune homme reprend.

« Pas grave, on est passés à autre chose, hein ? Bon, ça tombe bien que je vous trouve là, parce que j'ai un projet avec mon équipe, et on aurait besoin de vos compétences. »

L'homme se sent de plus en plus mal. Assis, une chaussure à la main, il se retient pour ne pas se lever et partir en courant. Sa femme doit batailler en ce moment même au foyer pour garder leur place.

« Je suis ingénieur dans le génie nucléaire, se borne-t-il à répondre.

— Ça je m'en fiche pas mal, sans vouloir vous vexer. Mon projet concerne une ligne de transport de marchandises.

— Je n'ai jamais conduit de camion.

— Ah ! mais je n'ai pas dit que c'était du transport routier », sourit-il en embrassant du regard les bateaux à quai.

L'homme prend tout à coup conscience de son environnement : le vent qui souffle depuis ce matin dans la ville, le cri des mouettes, l'odeur de vase. Son mocassin lui échappe des mains quand il se remet sur pied.

« Vous cherchez un capitaine ?

— Il n'y a plus de capitaine. Un marin sera suffisant. »

La nature n'existe pas

PAR CASSANDRE TREYVAUD

Juin 2057.

Les feuilles craquaient sous ses pas, la lumière du soir jetait une teinte dorée sur les arbres. Geneviève, qui doutait régulièrement de la décision qu'elle avait prise, commençait à être conquise. Elle ressentait la forêt, s'y sentait chez elle. Les enseignements de la communauté s'insinuaient peu à peu dans son être. Elle jeta un regard sur Sébastian. Il semblait plongé dans ses pensées, ses yeux gris-bleu perdus dans les méandres du courant. La jeune femme se demanda ce qu'il pouvait bien avoir dans la tête.

« Tu penses que nous parviendrons à voir cette chouette, Sébastian ?

— Hein ? Quoi ? Pardon j'étais dans ma tête… très bonne question, la nuit nous le dira. »

Ils reprirent la marche dans une gorge relativement encaissée pour la région. La hêtraie était verdoyante et semblait s'étendre sur des kilomètres et des kilomètres. Les objectifs de l'expédition étaient la chouette de Tengmalm, le campagnol amphibie et les merveilleuses morilles ! Durée du périple : trois jours, deux nuits en hamac dans la moyenne montagne du Massif central.

Il y a deux mois, Geneviève avait tout quitté. « La grande résilience » avait malheureusement plongé beaucoup de personnes dans la désillusion, et la morosité ne l'avait pas épargnée. Ne prenant que quelques affaires, elle avait décidé de prendre la route en direction du sud-ouest, vers les montagnes, en laissant pour quelque temps Louis, son petit garçon de douze ans, auprès de ses grands-parents.

La rivière était belle, forte, vibrante. L'eau courait et cognait entre les rochers, envoyant des gerbes d'eau sur les berges alentour. Le soleil déclinait tandis que l'air se chargeait d'une odeur de mousse, d'humidité, de vie. Sébastian avançait devant, le dos chargé des affaires du bivouac, il était rapide, efficace et concentré. L'heure d'or battait son plein mais la quiétude du lieu fut troublée par plusieurs centaines, plusieurs milliers d'insectes, qui sortirent de l'eau comme de nulle part. Geneviève ne put qu'être hypnotisée par ce spectacle.

« Une émergence d'éphémères, murmura Sébastian. Le phénomène se produit souvent à la nuit tombée, les larves quittent le fond de la rivière pour changer de monde et rejoignent l'air en dansant. Les demoiselles de la nuit ne vont pas tarder à les repérer, le banquet va bientôt commencer. »

Trois chauves-souris firent effectivement leur entrée, plongeant à pleine vitesse dans la nuée d'insectes.

« La nuit tombe, je te propose de disposer notre affût en aval de ce tronc, je connais un rocher sur lequel nous pourrons nous camoufler pour attendre la Tengmalm. »

Dans un confort relatif, et avec les moustiques pour compagnons, ils observèrent les yeux tournés vers le ciel. Ce que Sébastian n'avait pas dit, c'est que l'affût donnait directement sur une cavité arboricole. La pensait-il habitée par l'insaisissable chouette ? C'est une expérience étrange que lui proposait Sébastian : fixer un tronc d'arbre, la tête vers le haut, pendant plus d'une heure, sans détourner les yeux sous peine de manquer la chouette tant attendue. Les muscles se figent, tout comme les regards, on est pris dans une lentille, plus rien n'existe autour, c'en était presque inquiétant, envoûtant. L'obscurité emplit la forêt et aucune vision périphérique ne fut plus possible. Quand les hommes s'arrêtent, les créatures apparaissent… Un loir, un chevreuil, une ombre noire, et un cri strident. Croiik ! L'ombre se posa sur le hêtre, grimpa sur le tronc jusqu'à atteindre un trou, elle regarda à droite, à gauche puis se glissa dans le trou.

« Tu l'as vu ? souffla Sébastian. Un pic noir, le plus grand d'Europe, ses yeux semblaient animés d'une lueur irréelle, transcendante. C'est lui le maître de la cavité, notre petite chouette ne viendra pas. »

Les hamacs furent posés quelques mètres plus loin au-dessus d'un tapis de mousse. Une trouée dans les arbres permettait d'entrevoir la Voie lactée.

« Nous n'avons pas besoin de plus, finalement.

— Oui, continua Sébastian, dans la forêt, tout ce que tu as à penser, c'est vivre. Pour une marche de plusieurs jours, tu prends à manger, à boire, ton hamac et quelques vêtements. Avec ce paquetage, tu peux parcourir le monde, visiter des espaces éclatants et sauvages. La vie est là, le reste n'est qu'illusion. Alors, quand le parti Résilience a fait prendre ce tournant radical au pays, comme bon nombre de gouvernements l'avaient déjà fait à travers le monde, je me suis dit : Enfin ! Enfin les ressources allaient être utilisées à bon escient, partagées entre les êtres, les choses superflues de ce monde ne seraient plus produites. Le rationnement et la juste répartition de l'électricité et du pétrole ne permettraient plus aux riches de gaspiller les essences de la vie que sont l'eau, l'énergie, la terre. Cela me paraissait être la base en fait. En revanche, notre manière de vivre ici ne m'a pas permis d'anticiper la déflagration qui en a résulté, cette désillusion et cette frustration grandissantes des populations, privées de ses loisirs, de ses multitudes plaisirs et du confort dans lesquels elles s'étaient enveloppées. La décroissance forcée détruisait selon eux leur monde alors qu'en réalité elle tentait tant bien que mal de le sauver. Ça a été ton cas aussi. Quand tu es arrivée au village et que tu m'as raconté ton projet, ton évasion pour réapprendre à vivre simplement, je n'ai pas pu refuser.

» J'ai eu envie de te présenter notre vision, notre perception du sauvage, des rivières aux montagnes, de leurs habitants, l'homme n'est pas extérieur à la nature, il en est une partie intégrante. La beauté est partout. Les humains sont fascinés par la magie, par les contes, par les créatures fantastiques comme les elfes, les licornes, le monstre du Loch Ness. C'est le mystère qui fascine les gens, ils demeurent absorbés par l'inaccessible, l'invisible, l'impossible. Mais la magie existe bel et bien en ce monde : les axolotls restent au stade larvaire, ils sont capables de régénérer leurs membres seuls ; les grenouilles dendrobates sont multicolores et elles transportent chacun de leurs petits dans des piscines à plusieurs dizaines de mètres de hauteur dans la canopée ; les requins du Groenland peuvent vivre jusqu'à quatre cents ans ; les chouettes volent sans faire aucun bruit ; et quand tu te blesses, ton corps se répare seul. La vie réelle est magique, la vie est tellement belle. »

Il se tut et écouta des craquements lointains mais assez forts.

« Qu'est-ce que c'est, Sébastian ? »

Les craquements redoublèrent, se faisant de plus en plus forts, mêlés à des bruits de branches cassées et à des beuglements rauques.

« Sébastian ? »

Il demeurait impassible, tourné vers la source des mouvements, il semblait à demi conscient, perdu dans ses pensées. Geneviève n'avait décidément jamais rencontré un rêveur aussi assidu.

« Ce doit être un cerf, pas d'inquiétude. »

Il changea très vite de sujet.

« Je sens que le temps vire à l'orage, nous rentrerons finalement au camp demain. »

Cette explication ne suffit pas à convaincre Geneviève.

À l'aurore, un petit déjeuner frugal avalé, ils prirent la marche en direction du village. Douze kilomètres à travers la forêt, les prairies et tourbières du massif. Pourquoi ce changement soudain alors qu'il leur restait une nuit en forêt ? Il est vrai qu'après cette nuit étoilée, une légère pluie accompagnée de la brume les avait réveillés. La progression dans la tourbière fut laborieuse. La nature est merveille mais elle demeure brute et rude. Il leur fallut quâtre heures pour arriver à destination.

Le camp apparut, avec ses couleurs chatoyantes et ses petites maisons aux allures étranges : des sortes de petites huttes souterraines, des chaumières en terre ainsi que de belles cabanes perchées à sept mètres du sol. Au sein de la communauté, chacun avait son rôle, la permaculture et l'élevage subvenaient aux besoins de tout le monde. Au centre trônait une maison à l'allure classique, construite en briques rouges avec un toit de tuiles. Extérieurement, elle ne payait pas de mine mais, à l'intérieur, c'est l'âme de la communauté que l'on y découvrait.

La porte s'ouvrait sur le salon principal agrémenté de poufs, fauteuils et palettes-canapés en tous genres, une immense bibliothèque était adossée au mur. Le vidéoprojecteur au centre de la pièce permettait de diffuser des films et il y avait une grande table pour partager les repas. La décoration semblait être un mélange anarchique entre la chambre d'un militant écologiste et des éléments tout droit sortis du monde fantastique de l'intemporel Tolkien. La dernière touche était la serre tropicale, où les plantes de toutes formes grimpaient dans tous les sens, des fougères aux géraniums, du plant de thym aux plantes carnivores. Une des pièces de la maison leur était dédiée, une sorte de laboratoire de plantation avec des fioles, des semis et des terrariums partout. Cette maison était le point de ralliement, un espace de partage des savoirs et des rêves, lieu de culture et d'enchantement, d'expérimentation et de conciliabule.

Geneviève avait appris à aimer ce village et ses habitants. Malgré les conditions de vie sommaires et les difficultés que le quotidien en communauté pouvait causer, elle s'était attachée à Youni, Julien, Léo, Sarah, Raphaëlle et bien sûr Sébastian. Ces gens étaient inspirants, illuminés, ravagés, leurs âmes étaient belles et leur manière d'être au monde magistrale. Ils n'avaient pas grand-chose et ne voulaient surtout rien posséder, à quoi bon, d'ailleurs ? À quoi bon vouloir le monde alors qu'une poignée de cerises, le bruit du torrent, l'ombre d'un hêtre et ces présences formidables comblaient déjà si bien l'âme ?

Les longues conversations avec Raphaëlle l'avaient particulièrement marquée. La tête tournée vers le ciel, elles avaient débattu pendant des heures sur des principes de physique, de psychologie, d'anthropologie ou de botanique. Son cerveau était encore capable de s'échapper, de s'évader sans écran, sans réalité virtuelle ou sans parc aquatique exceptionnel.

À la manière d'un livre, l'esprit voyage avec plus d'effort et d'imagination dans l'apparente simplicité d'une conversation ou dans l'observation d'un animal, mais le labyrinthe du voyage cérébral demeure exceptionnel, grandiose.

Geneviève allait d'une vision à l'autre par la simple force de l'esprit, des forêts boréales de Laponie aux landes écossaises, de la canopée amazonienne au trou noir du centre de la Voie lactée. Ce camp débordait vraiment d'inspiration et…

Le cri d'hier, encore.

Je suis le son, je veux savoir de quoi il en retourne… Alors je cours, Sébastian me voit et m'emboîte le pas. Le bruit devient plus intense, plus fort et presque effrayant… J'atteins la rivière, c'est le petit matin, l'air est encore embrumé, c'est magnifique mais l'instant n'est pas à la contemplation.

Une forme se détache, une grosse forme se détache et… Un bison.

Un bison ? Comment ça un bison ? Cette espèce a pourtant disparu de ces territoires depuis le néolithique au moins, non ? Mais il était bien là, puissant, imposant, presque inquiétant. Les deux êtres se regardèrent de longues secondes, puis Geneviève fut violemment tirée vers un buisson.

« Éloigne-toi, ils peuvent charger dans certains cas…

— Comment ça, ils peuvent charger ? Mais qu'est-ce qu'il fait ici, Sébastian ? C'était lui hier dans la forêt ? »

Sébastian dut s'expliquer.

« Le mâle que tu as vu s'appelle Chopin, c'est un des douze bisons européens que nous avons réintroduits. »

Geneviève ne le quittait pas des yeux, sidérée.

« Les bisons sont des architectes des terres, ils forgent les paysages et rouvrent les forêts par leur marche et leur abroutissement. Les réintroduire chez nous va permettre de rétablir l'équilibre écologique, un équilibre perdu il y a bien longtemps. Avec la communauté, nous avons décidé de suivre le modèle polonais. Quand j'étais petit, j'allais souvent en vacances dans la forêt de Bialowieza, dernière forêt vierge d'Europe, à la frontière entre la Pologne et la Biélorussie. Je m'en suis inspiré pour lancer ce projet de ré-ensauvagement il y a cinq ans. Il faut qu'ensemble nous rendions sa splendeur et sa dignité à la nature, l'équilibre est rompu et les grands mammifères sont des espèces clés de voûte des écosystèmes. Tu dois garder le secret, Geneviève. Le gouvernement actuel est contre, il juge qu'il faut mettre la priorité sur les hommes et l'autorisation nous a été refusée. C'est pour cela que je ne voulais pas que tu les voies. Mais c'est en partageant cette terre avec tous les êtres que nous parviendrons à vivre correctement, la notion de nature n'existe pas, la nature est tout, nous en faisons complètement partie, nous sommes la nature qui se défend, qui se libère. »

Ils avaient donc décidé d'agir envers et contre tout, à leur échelle, pour maintenir la résilience des écosystèmes et pour la sauvegarde du monde. Geneviève demeurerait marquée à présent, par cette manière d'envisager le monde d'une part mais également du fait d'avoir croisé le regard d'un des plus gros mammifères que l'Europe eût hébergés autrefois.

« Alors dans cette voie, on y va ? »

Table

ATD QUART MONDE

AGIR TOUS POUR LA DIGNITÉ

Présent en France et dans plus de **30 pays**, ATD Quart Monde est un **mouvement fondé en 1957 avec les habitants d'un bidonville** de la région parisienne. **Il vise à détruire la misère** par des actions de terrain et par des propositions de changement de lois et de pratiques en associant directement les personnes en situation de pauvreté.

Avec une priorité : l'accès de toutes et tous aux droits fondamentaux.

www.atd-quartmonde.fr

LA PAUVRETÉ NE SE RÉSUME PAS À UN MANQUE D'ARGENT : C' EST AUSSI UNE VIOLATION DES DROITS DE L'HOMME !

Les plus précaires sont victimes de nombreuses discriminations basées sur des idées fausses. Cette stigmatisation aggrave la fracture sociale. Pour ATD Quart Monde, le respect des droits fondamentaux et l'égale dignité de toutes et tous ne sont pas négociables.

> *« Les plus pauvres nous le disent souvent : le pire des malheurs est le mépris de nos concitoyens. »*
>
> Joseph Wresinski, le fondateur d'ATDQM

En 2016, ATD Quart Monde a porté la campagne contre la pauvrophobie.
Depuis 60 ans, l'association mène un combat de longue haleine en matière de politiques publiques. **Elle est à l'origine d'avancées législatives** adoptées de façon transpartisane et parfois à l'unanimité : **le RMI** Revenu minimum d'insertion (devenu **RSA**), **la CMU** Couverture maladie universelle (ou **Puma**), **le DALO** (Droit au logement opposable) et **la précarité sociale comme 21e critère de discrimination**...

PENSER, AGIR, PLAIDER
AVEC LES PLUS PAUVRES.

Afin de valoriser les savoirs et les talents de chacun et d'initier la sortie de l'exclusion, ATD Quart Monde entreprend et expérimente de nombreuses actions :

Les Bibliothèques de rue

Elles permettent l'accès au livre, la découverte de la lecture, le partage de la culture, toutes les semaines, sur un coin de trottoir, au pied d'un hôtel social, dans un bidonville, partout dans le monde.

Les Universités populaires Quart Monde

C'est un lieu de réflexion, de dialogue et de citoyenneté où la parole et la réflexion des personnes les plus exclues sont prises en compte à part entière, partout dans le monde.

Le Croisement des Savoirs et des Pratiques

Il s'agit d'une démarche développée par ATD Quart Monde qui permet que le savoir issu de l'expérience de vie des personnes en situation de pauvreté puisse dialoguer avec les savoirs scientifiques et professionnels. En croisant des savoirs différents, on produit une connaissance et des méthodes d'actions plus complètes et inclusives. Sa visée est de construire une société plus juste. Cette démarche séduit de plus en plus. On la retrouve dans les secteurs de la santé, du travail social, de l'éducation, des sciences humaines et sociales, etc.

« La pauvreté est un combat continu. »

POUR UNE SEULE JUSTICE
SOCIALE ET ENVIRONNEMENTALE

Pour ATD Quart Monde, **la transition écologique ne sera possible que si elle se construit avec toutes et tous**. Les personnes les plus défavorisées ne doivent pas être les victimes collatérales de mesures prises pour lutter contre les changements environnementaux et climatiques. Au contraire, elles peuvent être une source de proposition et d'inspiration pour faire de cette transition une opportunité d'améliorer les conditions d'existence de tous.

À ATD Quart Monde, nous envisageons le monde collectivement, en le vivant ensemble pour éviter les réflexes de repli sur soi.

C'est ce que nous développons dans plusieurs lieux en France et dans le monde où **des actions écologiques s'expérimentent au quotidien** et sont conçues dans une dimension globale où les rapports à la nature, à la santé, à la culture, à l'accès à un emploi décent et aux autres droits sont interdépendants.

Une société autrement

Pour ATD Quart Monde l'objectif est de passer d'une économie de profit à une économie de la bienveillance. Avec la participation de toutes et tous nous devons aller vers des systèmes d'alimentation, de transport, de production, de santé humaine, sobres et robustes. **Nous devons croiser les savoirs et les pouvoirs.** L'expérience et la pensée des plus pauvres sont indispensables à ce projet d'une société plus juste et d'une planète plus vivable.

VOUS AUSSI

VOUS POUVEZ CHANGER LES CHOSES !

→ En suivant nos actions et combats **en vous abonnant** au journal d'ATD Quart Monde ou **en lisant nos ouvrages**

→ **En faisant un don et en adhérant** pour permettre à ATD Quart Monde d'agir tous les jours <u>**atdqm.fr/FaireUnDon**</u>

→ En devenant **bénévole**

→ En rejoignant ou créant une **bibliothèque de rue**

« Pour un monde plus juste où la dignité de toutes et tous sera respectée. »

REJOIGNEZ-NOUS !

www.atd-quartmonde.fr

62/3771/7

PAPIER CERTIFIÉ

Le Livre de Poche s'engage pour l'environnement en réduisant l'empreinte carbone de ses livres. Celle de cet exemplaire est de :
100 g éq. CO_2
Rendez-vous sur www.livredepoche-durable.fr

Composition réalisée par PCA

Achevé d'imprimer en France par
CPI BRODARD & TAUPIN (72200 La Flèche)
en février 2025
N° d'impression : 3060029
Dépôt légal 1re publication : mars 2025
LIBRAIRIE GÉNÉRALE FRANÇAISE
21, rue du Montparnasse – 75298 Paris Cedex 06
marketing@livredepoche.com

Et vous, comment imagineriez-vous 2057 ?